國際文憑中學項目

語言與文學
Language and Literature

董寧　主編

繁體版 | Traditional Character Version

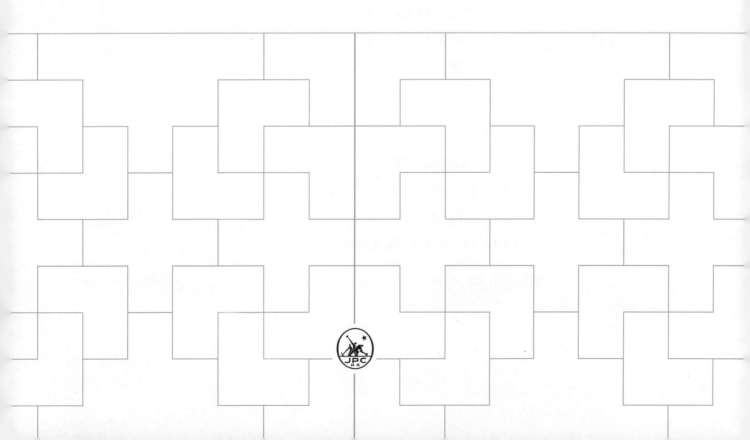

目錄

前言

本教材依照《IBMYP 語言與文學指南（2014 年 9 月／2015 年 1 月啟用）》（下簡稱《指南》），專門為該課程的學生和教師編寫。本教材包括第一學年冊、第三學年冊和第五學年冊，分別對應 MYP 三個級別的評估標準，適合 MYP1-5 年級的學習者使用。

本書特色

1. 規範的單元設計

以最能體現學科精髓的概念為核心，圍繞重要的思想觀點與相關概念組織單元教學。單元前設 MYP 五大要素（請見本書附贈電子資源），單元後附有自我反思。完整的單元學習，引導學生從理解課本知識入手，結合生活體驗掌握重要概念。

2. 明確的課目標題

改變以課文為中心的編排方式，突出學科知識與文體特點，為明確學生必須掌握的核心要義，提煉必須掌握的重點問題作為每課標題。圍繞重點問題組織課文講解，安排演練活動，保證單元教學概念突出、目標明確。

3. 均衡的課文選編

課文選編配合核心與相關概念，配合學科文體知識的理解掌握，配合創造與批判性思維能力的培養運用，配合交流溝通技巧的實際演練。選用符合真實生活、有助學以致用的多體裁文本，保證語言與文學教學相容並進。

4. 多元的教學實踐

涵蓋多元立體的教學內容，採用高科技多媒體教學手段，方便教師組織設計多樣的教學活動，滿足時代社會發展的需要，全方位培養學生的能力，提高學生的綜合素質。鼓勵學生利用各種媒介學用結合，提出問題、解決問題、有所創造。

使用建議

● 書中的單元順序可以靈活調換，老師們可根據實際教學情況和需要進行調整。

● 每個單元以概念和文體為核心，使用者可依據因材施教的原則更新或補充課文。

● 每個單元的學習一般為 8 到 10 周，使用者可根據各學校的時間安排延長或縮短。

● 老師在使用本教材進行教學與評估時，須以《指南》為參考。

本教材注重對學習者思維能力和學習方法的培養，促使學生在學習態度、專業知識、交流技能、創新發展、實際運用各方面得到訓練提高，為未來 DP 階段的學習打好基礎。

本冊書的編寫得到賴彥怡、黃晨和牛毅老師的傾力協助。本教材得以順利出版，特別感謝香港三聯書店總編輯侯明女士的鼎力支持，感謝編輯尚小萌、常家悅精益求精的專業指導，感謝編輯鄭海檳悉心周全的協力，也感謝為本教材進行過試講並提出寶貴意見的燕妮、鄒蕙蘭等老師們。

董寧

2018 年 6 月於香港

本書附贈電子資源

請掃描二維碼或登錄網站下載：

chinesemadeeasy.com/download/ibmypa2

單元三

體驗感受，表達交流

學習目標	課文
第一課　什麼是遊記？	
1.1 熟悉遊記文體的特點	《談寫遊記（節選）》
1.2 認識著名的遊記作家	《徐霞客小傳》
1.3 賞析古代的遊記作品	《三峽》
1.4 瞭解遊記的影響作用	《賞讀遊記，增廣見聞》
第二課　如何賞析遊記？	
2.1 瞭解遊記的內容要素	《談遊記散文的內容要點》
2.2 掌握遊記描寫的順序	《尼亞加拉大瀑布（節選）》
2.3 學用景物描寫的方法	《黃岐山遊記》
2.4 把握遊記的結構佈局	《遊記的結構》
第三課　如何寫遊記？	
3.1 學用定點觀察的方法	《登山觀景》
3.2 學用移動觀察的方法	《璀璨的夜明珠》
3.3 掌握寫景抒情的技巧	《我校的禮堂》
3.4 學習演練遊記的寫作	《寫作前的必要準備》
第四課　如何寫導遊詞和解說詞？	
4.1 明瞭導遊詞的特點	《遊記散文與景點導遊詞》
4.2 學寫得當的導遊詞	《九寨溝導遊詞》
4.3 熟悉解說詞的特點	《〈長江三峽〉解說詞》
4.4 創作貼切的解說詞	《香港太平山頂》
單元反思	

第一課　什麼是遊記？

？　探究驅動

請仔細閱讀以下作品題目，試分析題目中的字詞，猜猜作品的主要內容是什麼。

作品題目	作者	主要內容
《醉翁亭記》	歐陽修	
《滿井遊記》	袁宏道	
《岳陽樓記》	范仲淹	
《遊褒禪山記》	王安石	
《我所知道的康橋》	徐志摩	
《在貝多芬故居》	王蒙	
《埃菲爾鐵塔沉思》	張抗抗	

講解

　　遊記指的是描寫山水景物、介紹風土人情、記述探險發現、闡發遊覽體驗的文字作品。遊記的概念曾經很廣泛，包括散文、詩歌、日記等多種文體，只要是記敘旅行遊覽的經歷與見聞、描寫自然景色與人文風光的作品，無論什麼體裁，都可以稱作遊記。

　　現在所說的遊記，特指遊記散文。遊記散文是文學文體，一般以記敘和描寫為主要手段，專門記述遊覽經歷、旅途見聞，並會結合抒情、議論的手法來表達作者獨特的感受和識見。以范仲淹的《岳陽樓記》為例，作品記敘了作者在岳陽樓觀景的情景，通過描寫眼前的自然景色，抒發了「先天下之憂而憂，後天下之樂而樂」的感悟和情懷。

> ### 小提示
>
> 　　岳陽樓，指的是湖南省岳陽市的古城樓，始建於公元 220 年前後，因范仲淹的《岳陽樓記》而名揚古今。宋、明、清時期皆有修繕，現在是國家級保護文物。岳陽樓與黃鶴樓、滕王閣齊名，被譽為「江南三大名樓」之一。

課文

談寫遊記（節選）

　　寫遊記像是件不太費力[1]的事情，因為任何一個小學生，總有機會在作文本子上留下點成績。至於一個作家呢，只要他肯旅行，就自然有許多可寫的事事物物擱[2]在眼前。

　　古典文學遊記《水經注》已得多數人承認，文字清美。同樣一條河水，三五十字形容，就留給人一個深刻印象，真可說對山水有情。《洛陽伽藍記》文筆比較富麗，景物人事相配合的敘述法，下筆極有分寸[3]，特別引人入勝[4]，好處也容易領會[5]些。宋人作《洛陽名園記》，時代稍近，文體[6]又平實易懂[7]，記園林花木佈置兼有對時人褒貶[8]寓意，可算得一時佳作。敘邊遠外事如《大唐西域記》《嶺外代答》和《高麗圖經》諸書，或直敘旅途見聞，或分門別類介紹地方物產、制度、風俗人情，文筆條理清楚，千年來讀者還可從書中學得許多有用知識。從這些各有千秋的作品中，我們還可得到一種重要啟示：好遊記和好詩歌相似，有分量作品不一定要字數多，不分行寫依然是詩。作遊記不僅是描寫山水靈秀清奇，也容許敘事抒情。

1 費力：耗費體力或精力。

2 擱：放置。

3 極有分寸：指説話做事有非常適當的標準或限度。

4 引人入勝：把人引進佳境。多指自然景色的美麗或文藝作品很吸引人。

5 領會：瞭解、認識事物並有所體會。

6 文體：文章的體裁。

7 平實易懂：平易實在，不浮誇虛飾，容易被理解。

8 褒貶：評論好壞。

寫遊記必臨水登山，善於使用手中一支筆為山水傳神[9]寫照，令讀者如身莅其境[10]，一心嚮往，終篇後還有回味餘甘[11]，進而得到一種啟發和教育，才算是成功作品。這裏自然要具備一個條件，就是作者得好好把握住手中那支有色澤、富情感、善體物[12]、會敘事的筆。他不僅僅應當如一個優秀山水畫家，還必需兼有一個高明人物畫家的長處，而且還要博學多通，對於藝術各部門都略有會心，譬如音樂和戲劇，讓主題人事在一定背景中發生、存在時，動靜之中似乎有些空白處，還可用一種恰如其分[13]的樂聲填補空間。這個比方可能說得有點過了頭，近乎誇誕玄遠[14]。不過理想文學佳作，不問是遊記還是短篇小說，實在都應當給讀者這麼一種有聲有色鮮明活潑的印象。

另外還有兩種遊記，比較普通常見：一為報刊上經常可讀到的某某出國海外遊記，特殊性的也對讀者起教育作用，一般性的或係根據導遊冊子複述，又或雖然目擊身經[15]，文字條件較差，只知直接敘事，不善寫景寫人，缺少文學氣氛，自然難給讀者深刻印象。另一種是國內遊記，作者始終還不脫離寫卷子的基本情緒，不拘到什麼名勝古跡地方去，凡見到的事物，都無所選擇，一一記下 …… 近於個人紀念性記錄，缺少藝術所要求的新鮮。

補救方法在改善學習，先作個好讀者。其次是把文字當成工具好好掌握到手中，必需用長時期「寫作實踐」來證實「理論概括」，絕不宜用後者代替前者，以為省事。寫遊記看來十分簡單，搞文學就絕不能貪圖[16]省事[17]。

一九五七年六月二十日

（節選自 1957 年 7 月《旅行家》雜誌）

[9] 傳神：用圖畫、文字描繪，形象生動逼真，充分表現出人或物的神情意態。

[10] 身莅其境：親自到了那個境地，獲得某種切身感受。莅，讀 lì。

[11] 回味餘甘：回味指吃過東西以後留存的味道，餘甘是餘留的甜香美味。此處以此作比喻，指好的文章就像是好的食物一樣，能讓人閱讀之後長久地體會和思考。

[12] 善體物：善於瞭解或體悟萬物的特性或蘊含的真意。

[13] 恰如其分：說話辦事恰當穩妥，正合分寸。

[14] 誇誕玄遠：誇張玄乎，脫離真實。玄，讀 xuán。

[15] 目擊身經：親眼所見，親身經歷。

[16] 貪圖：極力希望得到（某種好處）。

[17] 省事：減少辦事手續。

相關知識

古往今來，中國文人都很重視遊記的創作。他們在攀登名山大川、遊覽異域風情、觀賞風景名勝、感受風土人情的同時，用詩、詞、曲、散文等多種文體來描寫和記錄自己的觀察發現和所思所悟。

遊記記錄了作者旅行遊覽的體驗和經歷，作者用文字與讀者分享自己在旅途行程中的所見所聞，分享自己的切身體驗和情緒感受，以及自己對不同地域的自然、人文、歷史、經濟、政治等具體情況的發現、考察、分析和見解。

遊記是個人創作的、具有個人風格特色的作品，同時又是屬於人類共同的寶貴精神財富。閱讀遊記作品，我們可以從字裏行間觀賞世界各地，領略各個時代的名勝古跡，感受人類輝煌的成就，體悟作者的感受情懷，激發我們對未知世界的嚮往和對生活的熱愛。

練習

1. 請寫出課文中你感到難以理解的詞語和句子，與老師或同學討論。

2. 請根據文章內容回答問題。

（1）課文屬於哪類文體？適合哪些讀者閱讀？

（2）課文的核心內容是什麼？作者的寫作目的是什麼？

3. 在你看來，為什麼現在人需要閱讀古代的遊記作品？這些作品對我們有哪些啟示？

4. 作者認為什麼樣的遊記是成功的？

5. 作者認為怎樣才能寫好遊記？你認同嗎？

6. 你寫過遊記嗎？請根據你的作品內容，簡單回答下面的問題。

寫作時間：

主要內容：

寫給誰看：

效果如何：

1.2　中國的遊記名家

？ 探究驅動

在中國，小説《西遊記》中的師傅唐僧無人不知。可你知道嗎？唐僧的人物原型 —— 唐玄奘，竟然還是著名遊記《大唐西域記》的作者呢！請查找資料，填寫下表，給大家講講唐玄奘的故事。

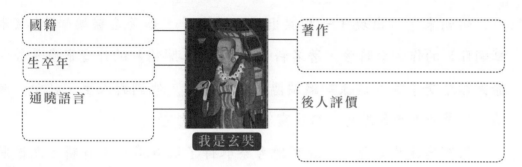

國籍		著作
生卒年		
通曉語言	我是玄奘	後人評價

📖 講解

　　中國古代遊記開始於先秦，形成於汉魏，發展於唐宋，鼎盛於明清。最為人們喜愛的有《徐霞客遊記》和《大唐西域記》。

　　《徐霞客遊記》是根據明代地理學家徐霞客歷時 34 年寫成的 60 餘萬字的遊記資料整理而成的。作家對當時的地理、水文、地質、植物等作了詳細記錄，成為後人研究的重要史料。《大唐西域記》是由唐朝著名高僧玄奘口述，經他的門人辯機記錄整理成的。記錄了唐玄奘 19 年間遊歷印度西域各國的見聞。這兩部遊記對中國的地理學、文學以及歷史學都有重要貢獻。

👤 作家名片

徐霞客（1587-1641）明代著名旅行家

　　徐霞客，名弘祖，字振之。一生遍遊山川，進行了長達 34 年的旅行科學考察，留下 60 萬字的文字記錄。他是中國歷史上最傑出的旅行家、地理學家、文學家。代表作有《徐霞客遊記》。

🔗 知識窗

　　最為世界熟知的詳盡描繪中國的遊記是《馬可‧波羅遊記》。馬可‧波羅出生於意大利威尼斯的一個商人家庭，是歐洲著名旅行家、商人。17 歲時，他跟隨父親和叔叔來到中國。《馬可‧波羅遊記》記錄了他在中國遊歷 17 年的旅途見聞，激起了很多歐洲人對中國的嚮往。

徐霞客小傳

① 別號：本名之外另取的稱號。

② 科舉：從隋唐到清代朝廷通過分科考試選拔官吏的制度。

③ 知識淵博：學識精深而廣博。

④ 書齋：書房。

⑤ 人跡罕至：很少有人到過，形容偏僻荒涼。

⑥ 急湍：急速的水流。湍，讀 tuān。

⑦ 泅渡：游泳而過。泅，讀 qiú。

⑧ 披荊斬棘：比喻在前進道路上清除障礙，克服困難。荊棘，多刺的灌木，通常用來比作困難。

⑨ 決不罷休：絕對不停止。

　　徐霞客，江陰人，名弘祖，字振之，別號①霞客，1587 年出生，明代傑出的旅行家、探險家和地理學家。

　　少年時代的徐霞客喜歡閱讀歷史、地理、方誌、遊記類書籍，產生了周遊全國名山大川的念頭。由於父親的影響，徐霞客對科舉②考試毫無興趣。後來，在母親的鼓勵和支持下，開始了遊歷考察。

　　明朝末年，出現了一些傑出的知識分子，如著名醫藥學家、《本草綱目》的作者李時珍，著名科學家、《天工開物》的作者宋應星等。徐霞客結交了許多這樣知識淵博③的好朋友，他們對人生、社會、政治、科學的志趣和思想，給徐霞客以積極的影響。

　　徐霞客走出書齋④，經實地考察取得了很多第一手資料，然後將這些資料記錄、整理、分析，開創了中國近代地理學。他在長達 34 年漫長旅行探險的歲月裏，所到之處多人跡罕至⑤，他始終不知疲倦、不畏艱險。遇上奔流急湍⑥的江河，沒有橋樑，就泅渡⑦過去；遇到陡峭險峻的危岩高峰，就披荊斬棘⑧，登上頂峰……狂風暴雨、豺狼虎豹、盜賊土匪、飢餓疾病都不能阻止他繼續前進。他以堅定的決心和頑強的意志戰勝了形形色色的困苦，不達目的決不罷休⑨。正是這種不畏艱苦的求實精神，使他獲得山川江河、地形地貌的第一手寶貴資料。

　　徐霞客留下了 60 餘萬字遊記資料。這些資料在他死後，被整理成《徐霞客遊記》。

🔍 相關知識

　　徐霞客 22 歲開始遊歷山水，在 34 年的時間裏他先後遊歷了大半個中國。

所到過的地方有：華東、華北、中南、西南，包括今江蘇、浙江、安徽、福建、山東、河北、山西、陝西、河南、江西、廣東、廣西、湖南、湖北、貴州及雲南等 16 省，及北京、天津、上海 3 市。

攀登過的名山有：泰山、普陀山、天台山、雁蕩山、九華山、黃山、武夷山、盧山、華山、武當山、羅浮山、盤山、五台山、阻山、衡山、九嶷山等。

遊歷過的勝水有：太湖、岷江、黃河、富春江、閩江、九鯉湖、錢塘江、瀟水、湘水、郁江、黔江、黃果樹瀑布、盤江、滇池、洱海等。

留下的遊記著作有：天台山、雁蕩山、黃山、盧山等遊記 17 篇，《浙遊日記》《江右遊日記》《楚遊日記》《粵西遊日記》《黔遊日記》《滇遊日記》等多部著作。

《徐霞客遊記》中有詳細的記載。

練習

1. 觀看紀錄片《徐霞客遊記》有關片段並填寫下表。

徐霞客蹤跡	
生活朝代	
生平事跡	
主要著作	
對後世影響	

2. 小組活動。搜集《徐霞客遊記》的相關資料，思考、討論下面的問題，並製作 PPT 簡報在班級分享。

（1）徐霞客給今人留下了什麼寶貴財富？

（2）《徐霞客遊記》為古人和今人相互交流架設了一座什麼樣的橋樑？

古代的遊記名篇

？ 探究驅動

1. 你讀過李白的名作《下江陵》嗎？詩云「朝辭白帝彩雲間，千里江陵一日還」。請試着在下圖找找「白帝城」和「江陵」的位置。

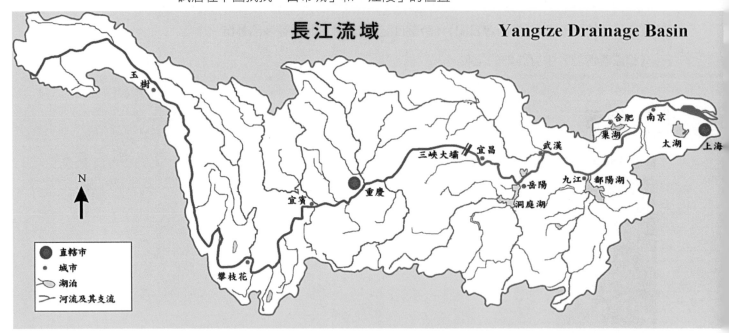

2. 蘇東坡的名作《赤壁賦》中的赤壁又是在什麼地方？請試着在上圖找出來。

📖 講解

　　自人類社會誕生以來，好奇心一直驅使人們不斷去探索周圍的環境，探索的範圍隨着社會發展越來越大。大自然的鬼斧神工和變幻莫測吸引着人們，為此，探索者們有時數月甚至數年都在旅行的路途中。他們在認識自然、探索世界的路上，用文字記錄下自己的所見、所聞、所感，於是就形成了早期的遊記。

　　無論哪個時代，備受推崇的名勝風景總是令人無限嚮往。觀賞這些景物，不同時空、不同境遇的旅行者，都會留下一些個人的感悟。這也是為什麼在相同的景點，會留下那麼多文人墨客的「足跡」了。

酈道元（472-527）北魏地理學家

酈道元，字善長，為官公正嚴明、不畏豪強，學識淵博、著述很多，完成了中國歷史上第一部全面系統、成就空前的地理學鉅作。作品內容豐富、文采斐然，不僅具有重大的科學研究價值，而且具有很高的文學價值。代表作有《水經注》。

作品檔案

酈道元一生著述很多，但流傳下來的只有《水經注》一部。《水經注》共有四十卷，是中國第一部較為全面的綜合地理著作，為後世研究中國古代歷史、地理提供了不可或缺的珍貴資料。

本篇《三峽》正是來自《水經注》中的卷三十四《江水》。這是一篇著名的描寫山水的作品，突顯了長江三峽的壯麗景象。

課文

三峽 [1]

酈道元

自三峽七百里中，兩岸連山，略無闕處 [2]。重岩疊嶂 [3]，隱天蔽日。自非 [4] 亭午夜分 [5]，不見曦 [6] 月。

至於夏水襄陵 [7]，沿溯 [8] 阻絕。或王命急宣 [9]，有時朝發白帝 [10]，暮到江陵 [11]，其間千二百里，雖乘奔禦風 [12]，不以疾也 [13]。

[1] 三峽：瞿塘峽、巫峽和西陵峽。

[2] 略無：毫無，完全沒有。闕：通「缺」，空缺，讀 quē。

[3] 嶂：直立如屏障一樣的山峰，讀 zhàng。

[4] 自非：如果不是。自，如果。非，不是。

[5] 亭午：正午。夜分：半夜。

[6] 曦：日光，這裏指太陽，讀 xī。

[7] 襄：漫上，讀 xiāng。陵：山陵。

[8] 沿：順流而下。溯：逆流而上，讀 sù。

[9] 或：有的時候。王命：皇帝的命令。宣：宣佈，傳達。

[10] 朝發白帝：早上從白帝城出發。朝，早晨。白帝，城名，在重慶奉節縣東。

[11] 江陵：今湖北省荊州市。

[12] 雖：即使。奔：奔馳的快馬。禦：駕着。

[13] 不以疾也：此句謂和行船比起來，即使是乘奔禦風也不被認為是（比船）快，或為「以」當是「似」之誤。疾，快。

13

春冬之時，則素湍綠潭⑭，回清倒影⑮。絕巘⑯多生怪柏，懸泉⑰瀑布，飛漱⑱其間，清榮峻茂⑲，良⑳多趣味。

每至晴初霜旦㉑，林寒澗肅，常有高猿長嘯，屬引淒異㉒，空谷傳響，哀轉久絕㉓。故漁者歌曰：「巴東㉔三峽巫峽長，猿鳴三聲淚沾裳㉕。」

（註：《三峽》譯文詳見電子資源。）

⑭ 素湍：白色的急流。綠潭：碧綠的潭水。
⑮ 回清倒影：迴旋的清波，倒映出（山石林木）的影子。
⑯ 絕巘：極高的山峰。絕，極。巘，高峰，讀 yǎn。
⑰ 懸泉：從山頂飛流而下的泉水。
⑱ 飛漱：急流沖蕩。漱，沖蕩。
⑲ 清榮峻茂：水清樹榮，山高草盛。榮，茂盛。
⑳ 良：的確，確實。
㉑ 晴初：（雨後或雪後）天剛剛放晴的時候。霜旦：下霜的早晨。
㉒ 屬引：連續不斷。屬，連接，讀 zhǔ。引，延長。淒異：淒涼怪異。
㉓ 哀轉久絕：悲哀婉轉，猿鳴聲很久才消失。轉，通「囀」，鳴叫。絕，消失，停止。
㉔ 巴東：漢郡名，在今重慶東部雲陽、奉節、巫山一帶。
㉕ 三聲：幾聲，這裏不是確數。沾：打濕。裳：衣服，讀 cháng。

📖 課文分析

《三峽》是《水經注·江水》中「江水」的一條註，突出了遊記散文描山摹水、寫景狀物、抒情感懷的內容要點和風格特色，是一篇經典的遊記。文章描寫了三峽地勢風貌和自然風光的特點，展現了三峽雄偉壯麗的奇景，表達了作者濃烈的喜愛之情。

從文章的結構上來看，全文先總後分，層次分明。開頭第一段起到了總領全篇的作用，突出了三峽雄偉奇險的特點。接下來，選取了不同季節中具有代表性的特色景物，進行了具體重點的描寫，作者從不同角度寫出了三峽的特色，各部分有機聯繫，相互映襯，相得益彰，佈局完整。

從文章的寫法上來看，各種手法巧妙結合，形象生動。寫景狀物有正面描寫，有側面烘托，有整體勾勒，有細節描繪，有明確直敘，有暗示隱喻，有仰觀遠景，有俯視近物，有作者直言，有漁歌引用，有聲有色、動靜相生，令讀者如身臨其境。

這篇遊記只有 155 個字，卻包容了四季風貌，總括了山水草木，刻畫了清猿怪柏，抒發了個人情懷。情景交融、簡潔精練、生動傳神，被譽為遊記散文的開山之作。

1. 課文用哪個詞語描繪了山形的挺拔險峻？用哪個詞描繪了深秋的悽婉幽美？

2. 課文中用哪句話描寫了三峽兩岸的山勢連綿？用哪句話描寫了夏水的暴漲？寫三峽兩岸山長又多的句子是哪一句？

3. 課文可以分為幾個部分？每部分的主要內容是什麼？

4. 課文使用了哪些描寫手法來展示三峽的特點？請舉例說明。

5. 根據課文內容，填寫《三峽》結構圖。

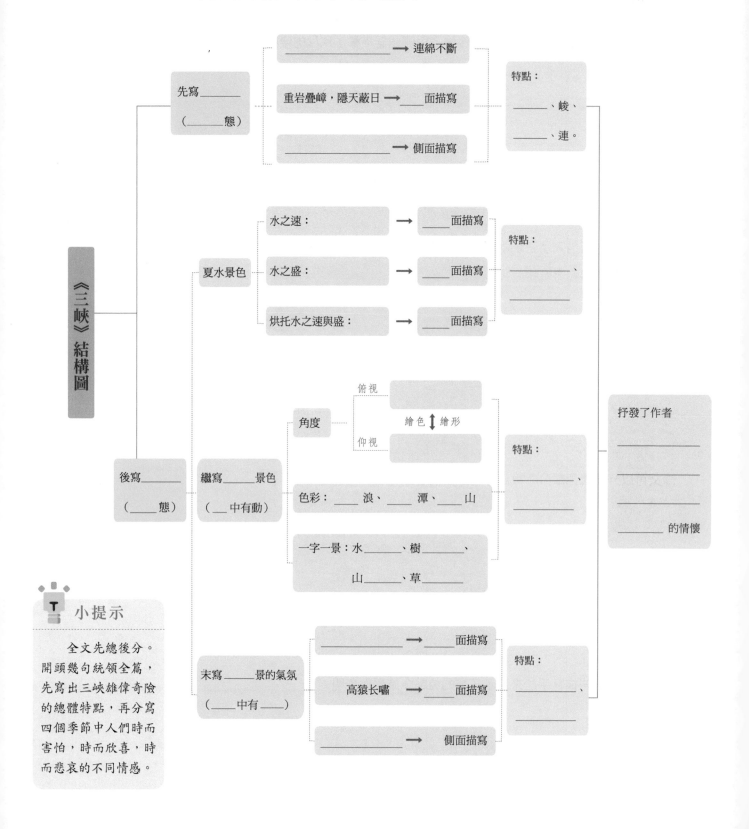

小提示

全文先總後分。
開頭幾句統領全篇，
先寫出三峽雄偉奇險
的總體特點，再分寫
四個季節中人們時而
害怕，時而欣喜，時
而悲哀的不同情感。

16

6. 作者對不同季節景物的描寫很獨特。請試着畫出來這些季節在作者筆下的樣子。

夏季	冬春	秋季

7. 請分析一下作者為什麼要將冬春兩季放在一起來寫。

8. 作者在文章結尾處引用漁者歌謠的作用是什麼？

遊記的價值

？ 探究驅動

1. 請上網查找自己感興趣的遊記作品。

2. 你在旅行的時候，有沒有用一些記錄見聞的照片和簡
   單文字作品？請從中挑選一些和大家分享。

📖 講解

　　隨着旅遊產業的發展和網絡科技的進步，越來越多的旅行者開始創作自己的遊記作品，很多人在網絡上開設自己的博客，以圖文或視頻的形式發表作品，且行且記，且思考且交流。遊記文學變得越來越繁榮多樣。

　　遊記文學促進了人們對世界的瞭解，增進了文化交流，豐富了日常生活，滿足了精神需求。中國古代遊記是中華民族寶貴的精神財富，是遊記文學發展的根基。

📑 課文

賞讀遊記，增廣見聞

　　遊記在我國經歷了一千多年的發展歷史，在描繪自然、記錄人文、傳播知識、促進科學研究、增進文化傳承等多方面扮演了重要的角色。

　　遊記作品記載❶了多門類、多學科的考察活動，為後來的地理學、氣象學、人類學、動物學等提供了寶貴的文獻❷史料。《徐霞客遊記》是一本以日記體為主的地理名著，作者把他在 1613 年至 1639 年間對地理、水文❸、地質、植物等所進行的細緻觀察做了詳細記錄，其中包括詳盡準確的地形、氣候資料，動植物種類及分佈，還有各地的風

❶ 記載：把事情記錄下
　來。
❷ 文獻：有歷史意義或研
　究價值的圖書資料。
❸ 水文：自然界中水的各
　種變化、運動等現象。

土人情，當時手工業、礦業、農業、交通、商業貿易、城鎮建置 ^❹ 等各方面的情況，有助於近現代的科學研究。

　　遊記作品取得了很高的藝術成就，其文學價值令人矚目。酈道元的《水經注》不僅是一部地理巨著，更是一部優秀的山水遊記。《水經注》名義上是為三國桑欽所寫的《水經》而注，但是內容遠遠超過了《水經》的範圍。《水經注》詳細記載了一千多條大小河流及有關的歷史遺跡、人文掌故、神話傳說等，記錄了不少碑刻墨跡 ^❺ 和漁歌民謠 ^❻，文筆絢爛，語言清麗。作者以飽滿的熱情、精美的語言，栩栩如生 ^❼ 地描述了壯麗的山川景物，受到後人的高度評價。

　　遊記作品描繪了迷人的自然景色、奇特的歷史風貌、絢麗多姿的民族風情，蘊含了作者獨特的人生感受。詩人徐志摩的遊記充滿了浪漫情懷，《我所知道的康橋》渲染了他的「康橋情結」，讀着他的遊記，讀者好像隨他旅遊，和他一起觀看那裏的自然風光，一起感受那裏的人文氣質，從中瞭解英國，熟悉劍橋。余秋雨的遊記顯示了作者豐厚的文化底蘊 ^❽ 和淵博的知識積累，具有很高的文化價值，如《風雨天一閣》一文講述了藏書樓 ^❾ 的故事，將天一閣和國家的命運、文化、歷史連在一起，起到了傳承 ^❿ 中華文化的作用。

　　遊記記錄了作者在特定環境、特定時間的旅途見聞和所感所想，在敘事寫景中抒發真情、表達見解，反映出當時當地的社會現實，具有不同程度的參考作用和史料價值。閱讀遊記可以增加對各地歷史掌故 ^⓫、風土人情、博物特產的瞭解，促進不同時代人們的相互交流。

🔍 相關知識

　　遊記作品採用第一人稱的視角，以旅程和景觀為描寫對象，將文學與科學、現實與傳說融為一體。欣賞遊記作品可以從它的文獻史料價值、文學藝術價值、知識傳播價值和文化傳承價值幾個方面入手，體會和領悟遊記作品對人類生活的貢獻與影響。

❹ 建置：建立設置。

❺ 碑刻墨跡：指刻在石碑上的文字圖畫以及書畫真跡。

❻ 漁歌民謠：打漁人唱的民間歌謠。

❼ 栩栩如生：好像活的一樣，形容生動逼真。

❽ 底蘊：文明的積累。

❾ 藏書樓：中國古代供收藏書籍和閱覽圖書用的建築。

❿ 傳承：傳接繼承。

⓫ 掌故：歷史上的制度、文化沿革以及人物事跡等。

1. 課文屬於哪類文體？適合哪些讀者閱讀？

2. 課文的核心內容是什麼？作者的寫作目的是什麼？

3. 遊記為什麼具有廣泛的閱讀價值？請舉例說明。

文獻史料價值：

文學藝術價值：

知識傳播價值：

文化傳承價值：

讀後感可以包含你從這部作品中得到的感受和收穫。

4. 你讀過課文中提及的遊記作品嗎？請選擇其中的一部作品閱讀，並談談讀後感。

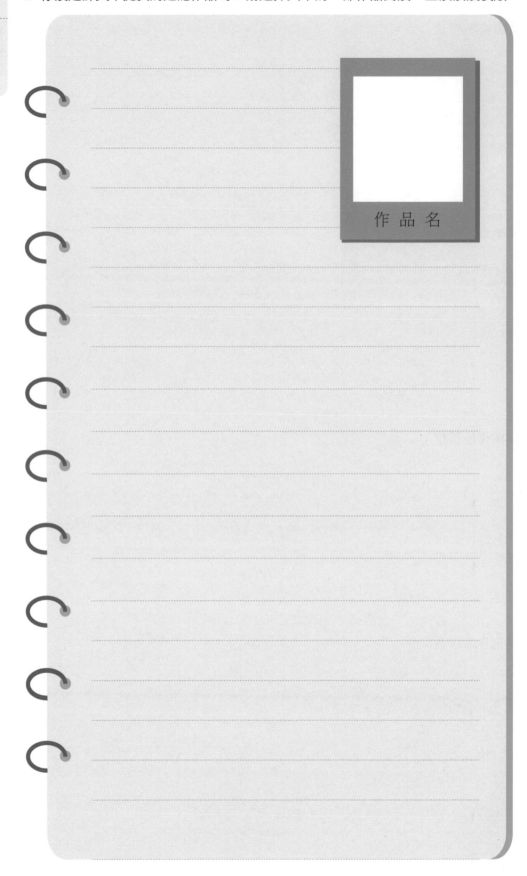

作 品 名

第二課　如何賞析遊記？

遊記的內容要素

？ 探究驅動

1. 小明要去看尼亞加拉大瀑布，可他必須走出下面這個詞語迷宮，你能帶領他走嗎？

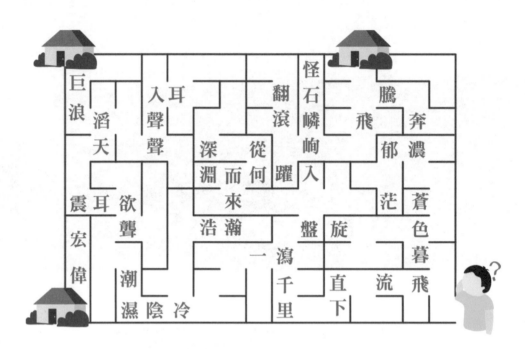

2. 請從迷宮中圈出你明白的四字詞語，並把恰當的詞語填入下列句子中。看看你能填對幾個？

（1）連續數日的降雨讓天氣更加 _____。

（2）人們在 _____ 的炮竹聲中歡慶農曆新年的到來。

（3）看着這 _____ 的洪水，所有的村民頓時就不知所措了。

（4）我從未見過這樣陡峭的山峰，一座座危峰兀立，_____。

（5）愛迪生發明無數，他的創意靈感究竟 _____ 呢？

（6）山頂積雪融化懸下條條冰川，好似 _____ 的銀瀑，又似隨風飄逸的素練。

寫遊記時要注意，先要將自己在遊歷過程中觀察到的新奇有趣的現象（天文地理、奇異景觀），瞭解到的知識與信息（逸聞趣事、典故傳奇），體驗到的文化習俗（飲食服飾、環境特色）等有選擇、有目的地記錄出來。與此同時，在記錄旅途的所見所聞中，要加入自己的所思所想抒發所愛所憎。作者還應該明確地表達個人看法和評價，寫出這次旅行對自己的啟發和所得到的感悟。

課文

談遊記散文的內容要點

　　寫遊記要突出一個「遊」字。一般的遊記主要是記錄作者參觀遊覽的經歷，對一些具有地方特色的旅行見聞❶、人文景觀❷、自然景色等進行生動地記敘描寫。從作者筆下，讀者可以看到山水風光、花草樹木等自然景物和遊覽地區的人、物、事，欣賞文字所描繪出的畫面。

　　遊記一般都會清楚地記敘遊蹤❸。記錄下在什麼時間、在什麼情況下、按照什麼順序進行了遊覽。作者就像一個導遊，順着自己遊覽的次序，一邊寫一邊帶領着讀者沿着明確的路線，依次觀賞景點。遊記會把參觀遊覽的時間與空間交代清楚，讓讀者清楚有序地觀賞文章中描寫的景物。

❶ 旅行見聞：在旅途中見到、聽到的事情。
❷ 人文景觀：人類創造的具有文化價值的可供觀賞的景物。
❸ 遊蹤：遊歷的路線。

❹ 過目不忘：看過就不會
忘記。形容記憶力特
別強。

遊記要寫出景物的特點，達到令人過目不忘❹的效果。生動細緻地描寫名山秀水是遊記的主要內容。作者憑仔細觀察，抓住自然景物或者人文景觀的特點，選用形象的詞句、恰當的修辭，對其名稱、位置、形狀、色彩、動態、靜態等方面進行生動描寫，產生令人身臨其境的效果。

遊記寫景，常對不同地域各不相同的景物進行比較。不同地方的景物差別鮮明，就算是同一地方的景物，在不同時間也會有所不同。

❺ 變化多端：程度、大
小、高低變化極多。
❻ 姿態：容貌神態。

比如樹木花草一年四季變化多端❺，有些景物在早晨和晚上觀看就能發現不一樣的姿態❻，同樣的山景也會因「遠近高低」而「各不同」。

遊記在寫景物特點時要把作者的情緒感受融入進去，讓讀者體驗出作者的發現和感受。作者一邊對遊覽中印象最深刻的景物進行生動細緻地刻畫，一邊運用聯想、比喻、擬人等方法表現賞景時的心理活動和思想情感。美景在目，心有所感，物中有我，景中見情，營造出

❼ 情景交融：情感與景象
交相融合為一體。

情景交融❼的效果。好的遊記作者將自然景物繪聲繪色地描寫出來，構成一幅具有詩情畫意的圖畫，帶領讀者進入作品的意境。

優秀的遊記作品，除了在景物描寫中融入感情，也總是在敘述過程中將議論和抒情結合起來。通過記敘遊覽經歷和描寫景物，有針對性地展開議論，表達自己獨特的觀點。

綜上所述，優秀的遊記將景、情、理三者結合，讓讀者從中感受到作者對大自然的熱愛以及對美好事物的珍視。

🔍 相關知識

📖 小提示

　　相似甚至相同的
風景在不同的作家筆
下可以幻化出不同的
美文，可見遊記的寫
作和作家的個人經驗
直接相關。

古今中外，優秀的遊記作品汗牛充棟，數不勝數。

遊記寫作的題材和靈感，來自作者的直接經驗。作者將自己的觀察（眼前風景）、記憶中的片段（情懷感受）、學科知識與見解（專業知識）、個人的分析判斷（理性評析）等冶煉一爐。所以說，優秀的遊記都是景、情、理巧妙結合、貫通一體的產物。

練習

1. 遊記主要記錄什麼內容？要以哪些內容為重點？

2. 遊記中的景物描寫，應該泛泛而談還是詳細描述？為什麼？

3. 寫遊記可以加入作者的感情色彩嗎？為什麼？

4. 根據課文內容寫一篇簡短的發言稿，說說你認為遊記該怎樣寫，並進行小組演講。

2.2　遊記描寫的順序

？　探究驅動

請根據自己最近一次的旅遊經歷填寫下表，並在班級分享。

遊 記 構 思

時間：＿＿＿＿＿＿　　地點：＿＿＿＿＿＿　　人物：＿＿＿＿＿＿

遊覽的順序：

（1）＿＿＿＿＿＿　　（2）＿＿＿＿＿＿　　（3）＿＿＿＿＿＿

景觀的特徵：

名稱：＿＿＿＿＿＿　　位置：＿＿＿＿＿＿

形狀：＿＿＿＿＿＿　　色彩：＿＿＿＿＿＿　　狀態：＿＿＿＿＿＿

抒發的感情：

（1）＿＿＿＿＿＿＿＿＿＿＿＿＿＿＿＿＿＿＿＿＿＿＿

（2）＿＿＿＿＿＿＿＿＿＿＿＿＿＿＿＿＿＿＿＿＿＿＿

（3）＿＿＿＿＿＿＿＿＿＿＿＿＿＿＿＿＿＿＿＿＿＿＿

📖　講解

　　優秀的遊記常常是借景抒情、情景交融的。其中，寫景要注意的地方有：

　　首先，遊記需要有清晰的線索，可以按照時間的推移或者地點的轉換來記錄遊蹤。如果要寫出同一處景物因季節變化而呈現明顯不同的特點，按時間推移記錄是很好的選擇（例如《三峽》）；而如果要寫一次短時間的旅程，則適合按照地點的轉換來組織寫作內容。

　　其次，充分調動各項感覺器官，要去聽、去看、去聞、去感受、甚至去「品嚐」眼前的風景。遊記散文重在真實遊覽的反映和記錄，因此直接經驗是寫好遊記的重要

條件。只有細緻觀察，用心體會，才能寫出有感染力的文章。

最後，個人的直接經驗是有限的，但通過閱讀獲得的間接經驗卻是無限的。現代社會資訊爆炸，除文字資料外，視頻、攝影、音頻等豐富多樣。平時注意多多留心周圍的訊息，也可以使自己的遊記作品錦上添花。

只要先準備好「寫作的食材」（寫作素材），想好「烹飪的方法」（遊蹤記錄的線索），最後一定會出爐一道色香味俱全的「菜餚」（遊記）。

小提示

朱熹的《觀書有感》中有「問渠那得清如許，為有源頭活水來」的名句，說的正是平日多閱讀、多留心觀察，才能為自己的遊記散文注入源源不斷的寫作靈感和題材。

作家名片

查爾斯·狄更斯（1812-1870）

19 世紀英國傑出小說家

查爾斯·狄更斯，Charles John Huffam Dickens。狄更斯的小說反映當時英國複雜的社會現實，突出社會底層的「小人物」形象，成為現實主義小說的傑作，對英國及世界文學有深遠影響。代表作有《雙城記》《遠大前程》《大衛·科波菲爾》等。

作品檔案

《尼亞加拉大瀑布》一文是狄更斯遊覽尼亞加拉瀑布後所寫，收錄在《美國紀行》一書中。

課文

尼亞加拉大瀑布（節選）

［英］　查爾斯·狄更斯

我一直渴望❶能有機會到俄亥俄州境內去旅遊，去一個名為桑達斯基的小鎮感受一番「湖中戲水」之趣，同時，順道也可去一趟尼亞加拉。

那日的天氣簡直糟透了，陰冷潮濕，迷霧濃重，幾欲成滴。這季節北國的樹木還是枝杈光禿，蕭索❷一片。……最後，我們下車了。終於，我第一次聽到了激流逬

❶ 渴望：迫切地希望。

❷ 蕭索：冷落衰頹的樣子。

③ 迸射：由內而外地向四
處噴射或放射。迸，
讀 bèng。
④ 陡峭：坡度很大，高直
峻立。
⑤ 嶙峋：山石奇兀聳峭的
樣子，讀 línxún。
⑥ 震耳欲聾：形容聲音很
大，幾乎要將耳朵震
聾。
⑦ 渺茫：遙遠而不易看
清。
⑧ 洶湧：水流騰湧的樣
子。形容氣勢盛大。
⑨ 目眩：眼花。
⑩ 遠眺：眺望遠處。
⑪ 浩瀚：水盛大廣闊的樣
子。

⑫ 湍急：水流急速。湍，
讀 tuān。
⑬ 鉚足了勁兒：用盡全
力去做某事。鉚，讀
mǎo。
⑭ 一瀉千里：形容江河水
流迅速。
⑮ 盤旋：旋轉環繞，讀
pánxuán。

⑯ 暮色蒼茫：形容傍晚的
天色朦朧昏暗的樣子。
⑰ 輾轉：翻來覆去睡不着
覺。輾，讀 zhǎn。

射③的聲音，同時也感覺到腳下的大地都在震顫。

崖岸十分陡峭④，因為剛剛下過雨，再加上化了一半的冰，地面上滑溜溜的。我都不知道我是怎麼走下去的，但不一會兒，我就到了山腳下，同兩個途中偶遇後又和我結伴而行的軍官一起攀上了一片嶙峋⑤的怪石堆。頃刻間，震耳欲聾⑥之聲撲來，激起水花四濺，幾欲迷人眼，我們衣衫全濕。原來，是到了美國瀑布的腳下。只見滔天巨浪騰空而下，但這巨浪形狀如何、從何而來，我全無概念，只覺出渺茫⑦一片。

隨後，我們乘上了小渡船，在經過緊貼兩個大瀑布前的洶湧⑧的河流時，我才開始明白是怎麼回事。但我卻有些目眩⑨，無法領會到面前的場景有多麼壯觀。直到我到達了平頂岩上遠眺⑩時 —— 天哪，那是怎樣的一片飛流直下的碧波呀！—— 此時，它的宏偉與浩瀚⑪之美方才完全呈現在了我面前。

從我一到那兒開始，我就待在加拿大瀑布那邊，十天以來一直如此。……整日都徘徊在瀑布四周，從各個角度來欣賞尼亞加拉大瀑布。站在馬蹄鐵大瀑布邊上，注視着湍急⑫的洪流，鉚足了勁兒⑬一般，直沖岸邊，卻又好像在投入灣底之前，稍稍停頓了一下似的；沿河面往上看去，巨浪奔湧，一瀉千里⑭。登上瀑布的鄰嶺，從樹梢樹叢的間隙中望過去，激流盤旋⑮而前，旋轉而下，猛然躍入深淵。藏身於下游三英里處的巨石旁，看向河水，漩渦起伏似有應答，表面上看不出來它湧動的原因，實則是因為水底深處有巨浪在翻滾。我的目光終日不離尼亞加拉，看着它在日光下湧動華彩，看着它在月光中微波閃亮，夕陽西下一片紅，暮色蒼茫⑯灰濛濛。白天，滿眼裏看到的都是它；晚上，輾轉⑰時耳中聽到的也是它：對我來講，這已足夠。

相關知識

尼亞加拉瀑布

　　尼亞加拉瀑布（Niagara Falls）位於加拿大安大略省和美國紐約州的交界處，是世界第一大跨國瀑布。尼亞加拉瀑布主要有三條，美國一邊較大的瀑布稱為美國瀑布，在美國紐約州境內；旁邊有一個小瀑布，因其水流較小，飛落化霧如同一位帶着面紗的新娘，故稱「新娘面紗瀑布」；最大的瀑布在加拿大一側，稱為馬蹄瀑布。

　　遊客可以分別在美國和加拿大境內觀看瀑布。在美國境內看到的是尼亞加拉瀑布的側面。相比之下，加拿大境內是瀑布的最佳觀賞地，可一覽瀑布全貌。遊客還可以乘坐遊船到瀑布底下的尼亞加拉河中觀看，走近瀑布，置身驚濤之中，更可以領略雷霆萬鈞的水流籠罩一切的磅礡氣勢。

　　尼亞加拉瀑布與伊瓜蘇瀑布、維多利亞瀑布並稱為世界三大跨國瀑布。

課文分析

　　這篇遊記採用邊走邊看的步移法記敘了自己的遊蹤，依次交代參觀遊覽的時間與空間，讓讀者清楚有序地觀賞文章中的景物，體驗作者的經歷和感受。

　　從時間上來看，作者沿着兩個時間順序清楚地展開了描述：第一個時間是「那日」，第二個時間是「十天以來」。作者沿着自己的行蹤所至，依次記敘了遊覽和觀賞大瀑布的經歷，條理清楚，層次分明。

　　從空間上來看，作者分別從在「美國瀑布的腳下」、乘船至河流中以及到「加拿大瀑布那邊」三個不同的位置展開對尼亞加拉瀑布的描寫。作者從不同的角度進行觀賞，抓住瀑布的特點，從形狀、聲音、顏色、感覺等多方面描寫，讓讀者有一種身臨其境的感覺。

　　作者在對大瀑布景象變化描寫的同時，敘述了自己面對瀑布的行為舉止、心理狀態，表達出洶湧澎湃、感慨萬千的激情，抒發了對自然景色的鍾情熱愛。

1. 作者對尼亞加拉瀑布的描寫分為兩個時間段 ——「那日」和「十天以來」。請根據課文內容，找出相關語句，填寫下面的圖表。

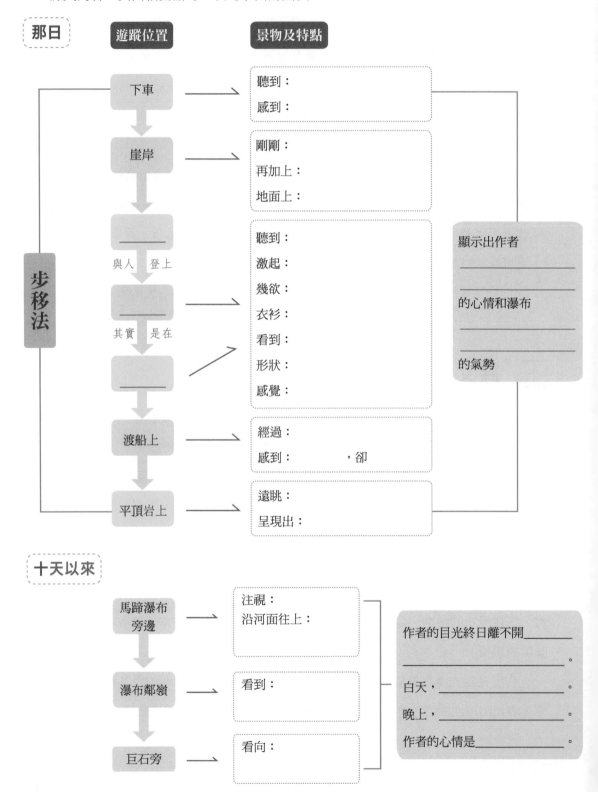

2. 作者從多種角度觀察，調用多種感官描寫瀑布。請從課文中找出合適的詞語和句子，填入表格中。

多角度觀察	
俯視	
仰視	
遠觀	
近看	
平視	

多感官描寫	
聽覺	
視覺	
觸覺	

3. 課文中使用了哪些精美的詞語來描寫景物？請分類填寫。

色彩詞	
聲音詞	

4. 作者運用大量有關水的詞語把瀑布景色寫得活靈活現，選擇適當的詞語填寫下表。

洶湧、壯觀、浩瀚、湍急、奔湧、盤旋、旋轉、湧動、翻滾、閃亮、蒼茫、灰濛濛、水花四濺、滔天巨浪、渺茫一片、一瀉千里、飛流直下、震耳欲聾

形容水的聲音　　形容水的顏色　　形容水勢的樣子　　描寫水的動態

5. 請細讀課文最後一段，分析作者對「我」的描寫。選擇相關詞語填寫下表。

看到的景物	觀看方式	動作、感受

景物描寫的方法

？ 探究驅動

童童想把小貓「喵喵」從房間裏救出來，但必須先破除這面牆壁。請從牆上找出九個疊詞並填入下表的適當位置。小貓就得救了！

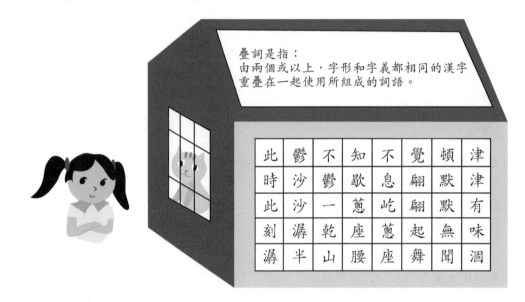

疊詞是指：
由兩個或以上，字形和字義都相同的漢字重疊在一起使用所組成的詞語。

此	鬱	不	知	不	覺	頓	津
時	沙	鬱	歇	息	翩	默	津
此	沙	一	蔥	屹	翩	默	有
刻	潺	乾	座	屹	起	無	味
潺	半	山	腰	座	舞	聞	涸

疊詞的 重疊形式	1. AA 式
	2. AABC 式
	3. ABAC 式
	4. ABB 式

📖 講解

作家在構思遊記時，就好像建造房子一樣。不但要準備材料，還要設計圖紙，規劃結構。動筆前要明確文章的內容和結構安排。在寫作時要先考慮以下兩個方面：

1. 按照遊覽順序描寫自己的所見所聞。

人們參觀或遊覽一個地方，是隨着時間的推移、空間的轉移而進行的。以遊覽過程為線索，由先而後依次記述所見到的景物，能讓讀者對遊覽地有一個清晰全面的瞭解。這樣的好處是有條不紊、層次分明、線索清楚。

2. 突出最有特點的景物，分清主次詳略。

首先，下筆前要思考本次遊覽印象最深的景物是什麼，把有特色的旅途見聞寫下來，寫出景物的與眾不同之處，這樣的文章才有寫作和閱讀的價值。

然後，決定哪些內容要詳寫，哪些內容要略寫，使文章中心突出、詳略得當。把主要景點作為遊記的主要部分進行突出描寫，寫得詳細具體；把遊覽過程和次要景物當作過渡或鋪墊進行簡略描寫。就像是拍電影一樣，有些地方用特寫鏡頭加以突出，有些地方只用全景鏡頭做簡單介紹。切記不能寫成「流水帳」，從頭到尾平鋪直敘的文章只會令人沒有興趣閱讀。

課文

黃岐山遊記

　　黃岐山 ❶ 是廣東揭陽的一大名勝，主峰海拔 293.1 米，擁有九庵十八岩和「海濱鄒魯」「黃岐山壽」等文人墨客留下的摩崖石刻 ❷，岐山八景更是美不勝收 ❸。今年春節假期，我和爸爸媽媽來到黃岐山遊玩。

　　正月的黃岐山熱鬧非凡，人頭湧動 ❹。山腳下，遊客們圍在小吃攤前，碰碰車和「洞天探險」吸引了無數兒童。我站在山腳下仰望，鬱鬱蔥蔥 ❺ 的樹木像一片綠色的海洋，山上的古建築和突兀 ❻ 的巨石就如一座座小島，在綠海中依稀可見 ❼。

　　沿着石梯拾級而上 ❽，兩旁的野花已經綻放 ❾，野草也探出了腦袋，幾隻蝴蝶在花叢中翩翩起舞，好一派生機勃勃 ❿ 的景象！不知不

❶ 黃岐山：黃岐山位於廣東省揭陽市。

❷ 摩崖石刻：文字石刻，利用天然的石壁刻文記事。

❸ 美不勝收：形容美好的事物非常多，一時接收不完。

❹ 人頭湧動：形容人很多。

❺ 鬱鬱蔥蔥：茂盛的樣子。鬱，讀 yù。蔥，讀 cōng。

❻ 突兀：高聳的樣子。兀，讀 wù。

❼ 依稀可見：模模糊糊的，但基本上能看見。

❽ 拾級而上：順着階梯一步一步地往上走。拾，讀 shè。

❾ 綻放：茂盛開放。綻，讀 zhàn。

❿ 生機勃勃：形容充滿生氣活力，生命力旺盛。

覺來到了月容墓，這是馮縣令安葬亡妾黃月容的地方。三百多年來，黃月容在揭陽人民心目中留下了美好的形象，被尊為「月容夫人」，連半山腰的侶雲寺也是為紀念她而建造的。從月容墓向上出發，便會看見一座寺廟，那就是依山而修的竺岡岩了。接着，我們來到了半山腰的侶雲庵，一進門，一棵參天大樹出現在眼前，原來這是一棵一分為二的千年古槐，人稱「夫妻樹」。進入大雄寶殿，三尊坐在精雕細刻的蓮花座上的金身如來佛和十八羅漢金光閃閃，幾位高僧正在誦讀佛經。在侶雲庵歇息一會兒後，我們繼續向山頂攀登。

此時此刻，山下噪雜⑪的聲音已經遠去。耳聽着清風拂過樹葉的沙沙聲、流水穿越石縫的潺潺⑫聲，嗅聞着花草撲面而來的芬芳、茶園裏茶葉沁人心脾的清香，我只覺得心曠神怡⑬。

我們緩步登上了山頂。岐山寶塔像巨人一樣屹立⑭，守衛着這片美麗的土地。在寶塔後面，有一塊酷似⑮蛤蟆的巨石，叫「蛤蟆石」。石頭的下方有一石坑，正對着「蛤蟆嘴」，石坑中的積水從來不曾乾涸，因此人們把它稱為「蛤蟆涎」。站在山頂向下俯視，我看見南北兩河像玉帶一樣把市區圍成一個葫蘆形，往來的火車像巨龍一樣呼嘯而過！

聽這裏的挑山工說，山頂還有一條路可以通往崇光岩和飛鳳岩兩個古跡。可惜天色已晚，不然我一定會把黃岐山遊個遍……

⑪ 噪雜：喧嘩雜亂。

⑫ 潺潺：形容流水聲。潺，讀 chán。

⑬ 心曠神怡：心情舒暢，精神愉悅。

⑭ 屹立：聳立不動。屹，讀 yì。

⑮ 酷似：極其相似。酷，讀 kù。

🔍 相關知識

寫好一篇遊記散文必須要考慮文章的用詞用語，不但要準確簡明，還要表達出感情色彩，正所謂「一切景語皆情語」。

寫景不忘寫「我」，突出作者自己的情感。遊記寫景應該把旅遊者的感情融入其中。要情景結合，在描寫景物的過程中，把自己的思想感情融進字裏行間，讓每一個詞語、每一個句子，都富有自己的情感，使文章更具感染力。

練習

1. 在課文開頭，作者描述了這段旅程是在什麼季節、什麼時間發生的？作者和誰去了什麼地方？

小提示

遊記文章的開頭通常要寫出旅行的時間、地點和人物。

2. 課文用什麼方法介紹了遊覽的行蹤？

3. 課文詳細描寫了黃岐山的三個景點，請根據課文內容填寫下表。

	景物	特點	印象
景點一			
景點二			
景點三			

4. 作者是從什麼角度觀察蛤蟆石的？試想象從仰視和俯視的角度可以分別觀察到什麼，把它們畫出來。

5. 細讀並分析以下課文中的句子，完成表格。

句子	修辭手法	作者用意
鬱鬱蔥蔥的樹木像一片綠色的海洋，山上的古建築和突兀的巨石就如一座座小島。		
兩旁的野花已經綻放，野草也探出了腦袋，幾隻蝴蝶在花叢中翩翩起舞。		
耳聽着清風拂過樹葉的沙沙聲、流水穿越石縫的潺潺聲。		
岐山寶塔像巨人一樣屹立，守衛着這片美麗的土地。		
站在山頂向下俯視，我看見南北兩河像玉帶一樣把市區圍成一個葫蘆形，往來的火車像巨龍一樣呼嘯而過！		

6. 作者抒發了怎樣的遊覽感受？表達了什麼樣的情感？

7. 作者運用大量生動的詞語把景物寫的活靈活現，請把相關詞語找出來填入下表。

動態描寫　　靜態描寫　　整體描寫　　局部描寫

探究驅動

請根據圖示思考下面的問題，使用步移法口頭講述自己的一次週末一日遊行程。

（1）在什麼季節、什麼時間去的？和誰一起去的？去了什麼地方？

（2）你看到的景色有什麼特點？

（3）遊覽之後你有什麼感受？

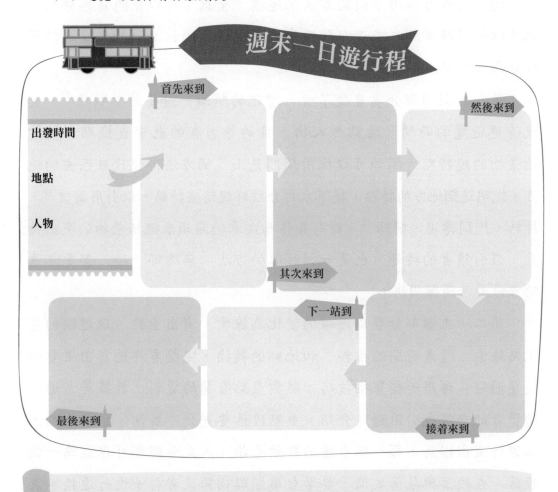

講解

　　遊記一般由三部分組成：第一部分是開頭，第二部分是主體，第三部分是結尾。各部分都要完成相應的寫作任務，每一部分都是文章不可分割的組成部分。只有將三個部分都寫好了，才能寫出一篇好的遊記。

課文

遊記的結構

　　遊記寫作可採用不同的方法來建構[1]全篇，可以先總寫再分寫，也可以依照時間順序或者空間順序來記敘遊覽過程。一般來講遊記可以分為三個部分。

　　第一，開頭部分要直截了當。遊記的開頭一般要簡單明瞭[2]，交代清楚遊覽的時間、地點、人物、目的等，有的也會直接點出遊覽地景物的總特點。開頭可以採用開門見山[3]的方法，交代自己去的地方，說明這個地方的特點，接下來再分段詳說這些特點。以引用寓言[4]、神話、民間傳說、諺語[5]、詩句等作為文章的開頭來概括景物的突出特點，吸引讀者的興趣，也是一個可取的方法。無論哪一種，都要注意語言優美、簡潔明快。

　　第二，主體部分要以遊蹤的變化為線索，突出重點。以遊蹤的變化為線索，隨着時間的推移[6]和地點的轉換，完整有序地寫出主要的遊覽過程。運用一些穿插技巧，將與景點有關的資料、數據等，通過遊覽者的交談或引用適時介紹。重點段落要充分[7]展開，針對重點內容進行突出描寫，每一個重要的自然景物、人文景觀都可以成為一個段落。在段落與段落之間，要學會用關聯詞語或者句子進行連接，表明前後的順序，使文章層次分明[8]。

　　第三，結尾部分要抒發感懷，首尾照應[9]。結尾可以用議論或抒情的方式寫下自己的遊覽感受，也可以明確表達出自己對景物的喜愛

* * *

①建構：借自建築學詞語，這裏指架構全文。

②簡單明瞭：指事情或問題不複雜，一看就明白。

③開門見山：比喻說話、寫文章直截了當，一開始就進入主題。

④寓言：一種文學體裁。常帶有諷刺或勸誡的性質，用假託的故事或自然物的擬人手法說明某個道理或教訓。

⑤諺語：民間流傳的簡練通俗而富有意義的固定語句。

⑥推移：移動或發展。

⑦充分：儘可能（多用於抽象事物）。

⑧層次分明：內容的次序清楚明瞭。

⑨首尾照應：文章的開頭與結尾所表達的意思相同。

讚美，令讀者感受到作者對這次遊覽的珍視[10]與留戀。還可以表達一些人生感悟，啟發讀者在欣賞風景的同時展開思索[11]。比如作者從美好的風景中，觀察體驗到了某種人生的艱辛[12]；作者在攀登山水的過程中，明白了幸福的獲得只能在艱辛的付出之後等等。

遊記要有頭有尾，文章中的景物描寫要和後面的議論抒情密切聯繫，給人一個完整的印象。

⑩ 珍視：珍愛重視。

⑪ 思索：思考探求。

⑫ 艱辛：困難辛苦。

相關知識

寫遊記要講究謀篇佈局，開頭和結尾都是關鍵部分。閱讀遊記文章時要留意開頭和結尾的寫法，學習內容的安排以及語言文字的使用。

好的開頭要引人入勝，使用簡潔明白的語句，給人新鮮活潑的感覺，而且要儘快入題。

好的結尾要注意首尾照應，有助於讀者理解文章內容，引起讀者對文章的深入思考，激發情感共鳴。

練習

1. 遊記一般由幾個主要部分組成？每個部分的內容和作用是什麼？請以本單元遊記為例加以說明。

2. 請根據課文《黃岐山遊記》的內容，完成下面的結構圖。

黃岐山遊記

黃岐山

位置：＿＿＿＿＿＿

看點：＿＿＿＿＿＿ 和 ＿＿＿＿＿＿ 以及 ＿＿＿＿＿＿

遊覽時間和人物

沿途的景點

山腳下
遊客們在＿＿＿＿＿＿，＿＿＿＿＿＿和＿＿＿＿＿吸引了兒童。

向上山＿＿＿＿＿＿望，樹木像＿＿＿＿＿＿，古建築和巨石如＿＿＿＿＿＿＿＿。

沿石梯而上
看到＿＿＿＿＿＿綻放，＿＿＿＿＿＿探出腦袋，＿＿＿＿＿＿起舞；感到＿＿＿＿＿＿

＿＿＿＿＿＿＿＿＿＿。來到＿＿＿＿＿＿（名字來源：馮縣令葬亡妻＿＿＿＿＿的

地方，她被尊為＿＿＿＿＿＿）。

向（　）出發，來到 笕岡岩
位於＿＿＿＿＿＿＿＿的侶雲庵。進門看到：被稱為＿＿＿＿＿＿＿＿的千年古槐；

進入＿＿＿＿＿＿：看到＿＿＿＿＿＿，聽到＿＿＿＿＿＿。

半山
聽到＿＿＿＿＿＿沙沙聲和＿＿＿＿＿＿潺潺聲，聞到＿＿＿＿＿＿和＿＿＿＿＿＿，

感到＿＿＿＿＿＿＿＿。

山頂
正面：＿＿＿＿＿＿屹立在此；後面：有一塊＿＿＿＿＿＿，下方有＿＿＿＿＿＿。

向山下＿＿＿＿＿＿視：南北兩河像＿＿＿＿＿＿＿＿＿＿＿＿。還有一條路通往

＿＿＿＿＿＿和＿＿＿＿＿＿兩個古跡。

總結

3. 你覺得遊記的開頭和結尾應該怎樣寫才能給讀者一種首尾照應、結構完整的感覺？

連接詞是連接詞語、詞組或句子的表示某種邏輯關係的詞。

連接詞就像是兩塊磚頭之間的黏合劑 —— 水泥一樣，我們建造大樓，每一部分的緊密連接都是很重要的。

4. 在遊記寫作過程中，想要清楚地表明遊蹤，連接詞是我們的好幫手。請從以下連接詞中任選三個，寫一個簡單的遊蹤。

不但、而且、由於、雖然、但是、儘管、即使、只要、只有、無論、免得、省得、如果、那麼、因為、所以

首先：＿＿＿＿＿＿＿＿＿＿＿＿＿＿＿＿＿＿＿＿＿＿＿＿＿＿＿＿＿＿＿＿＿＿＿＿

＿＿＿＿＿＿＿＿＿＿＿＿＿＿＿＿＿＿＿＿＿＿＿＿＿＿＿＿＿＿＿＿＿＿＿＿＿

＿＿＿＿＿＿＿＿＿＿＿＿＿＿＿＿＿＿＿＿＿＿＿＿＿＿＿＿＿＿＿＿＿＿＿＿＿

接着：＿＿＿＿＿＿＿＿＿＿＿＿＿＿＿＿＿＿＿＿＿＿＿＿＿＿＿＿＿＿＿＿＿＿＿＿

＿＿＿＿＿＿＿＿＿＿＿＿＿＿＿＿＿＿＿＿＿＿＿＿＿＿＿＿＿＿＿＿＿＿＿＿＿

＿＿＿＿＿＿＿＿＿＿＿＿＿＿＿＿＿＿＿＿＿＿＿＿＿＿＿＿＿＿＿＿＿＿＿＿＿

然後：＿＿＿＿＿＿＿＿＿＿＿＿＿＿＿＿＿＿＿＿＿＿＿＿＿＿＿＿＿＿＿＿＿＿＿＿

＿＿＿＿＿＿＿＿＿＿＿＿＿＿＿＿＿＿＿＿＿＿＿＿＿＿＿＿＿＿＿＿＿＿＿＿＿

＿＿＿＿＿＿＿＿＿＿＿＿＿＿＿＿＿＿＿＿＿＿＿＿＿＿＿＿＿＿＿＿＿＿＿＿＿

最後：＿＿＿＿＿＿＿＿＿＿＿＿＿＿＿＿＿＿＿＿＿＿＿＿＿＿＿＿＿＿＿＿＿＿＿＿

＿＿＿＿＿＿＿＿＿＿＿＿＿＿＿＿＿＿＿＿＿＿＿＿＿＿＿＿＿＿＿＿＿＿＿＿＿

＿＿＿＿＿＿＿＿＿＿＿＿＿＿＿＿＿＿＿＿＿＿＿＿＿＿＿＿＿＿＿＿＿＿＿＿＿

第三課　如何寫遊記？

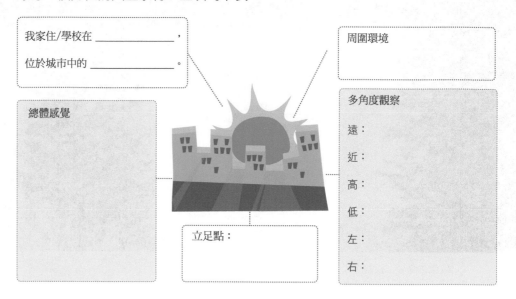

探究驅動

請站在一個固定的立足點（如家中陽台或者是窗前），向外觀察，環顧四周，記錄每一個方位的典型景物，並填寫下表。

我家住/學校在 ＿＿＿＿＿＿，
位於城市中的 ＿＿＿＿＿＿。

周圍環境

總體感覺

多角度觀察

遠：

近：

高：

低：

左：

右：

立足點：

講解

對景物的描寫是遊記的一個重要組成部分，要想有選擇、有重點地描寫好景物，必須首先學會觀察。觀察景物通常有兩種方法。

1. 定點觀察。

定點觀察就是選定一個固定的位置作為自己的立足點，對周圍的景物進行觀察。定點觀察可以由遠及近，也可以由近向遠，可以由南向北，也可以由東向西，還可以由高到低或者由低到高，從左至右或者從右至左等。只是你的立足點不能改變，始終都固定在一個基點上。

2. 移動觀察。

移動觀察又叫步移換景法，也叫步移法，指觀察者不固定立足點，隨着腳步的移動變換位置，一邊走一邊看，觀察到的景物隨着觀察者立足點的不斷變換而相應轉變。

登山觀景

　　我們的屋苑附近有座山，我喜歡在節假日裏登上山頂，站在觀景台上，眺望[1]四周的景色。

　　往東看，是一座整齊的屋苑。一排排高大的樓房之間縱橫[2]着條條道路。道路兩旁新栽的樹木，像衛隊似的排列着，整個屋苑整齊又美麗。屋苑的中間有商店、有網球場，還有一個專門給小朋友玩耍的小遊戲場，遊戲場的地面紅紅綠綠、色彩鮮艷。

　　往南看，是一個美麗的運動場。高高的看台，上面有一層層彩色的座椅整齊地排列，像是一塊塊積木搭在一起，很有趣。橢圓形的跑道上像是鋪上了一層磚紅色的地毯。跳高的沙坑上鋪了一塊藍色的帆布，看上去像一個藍色的靠枕，擺放在紅色的地毯上。那塊被高高的網子圍起來的綠地，正是投擲的場地。看着這美麗的運動場，我仿佛聽到了運動員的奔跑聲和觀眾席上的吶喊聲[3]。

　　往西看，是一個火車站。有許多乘客進進出出、絡繹不絕[4]，遠遠看去，他們像是小人國的居民，你來我往十分繁忙。一列火車正從車站駛出，向着遠方奔去，另一輛列車則從遠方開來，迎接等待着他的乘客。

　　往北看，是一片藍色的水面，那就是著名的沙田海了。海水和天空顏色一樣，海面寬闊，浪花蕩漾[5]。海邊是一條供居民娛樂休閒的海濱長廊，有行人散步道，有運動跑步道，還有自行車道，幾條道路並行相伴，伸向遠方。

　　你知道嗎，我家屋苑的大樓就在緊靠長廊的地方。它背山面海，設施齊全、交通便利，是一個理想的家園。

　　我愛這裏的山水，我愛我的家！

[1] 眺望：遠望。
[2] 縱橫：橫豎交錯的樣子，讀 zònghéng。
[3] 吶喊聲：高聲喊叫助威的聲音。
[4] 絡繹不絕：形容來來往往，接連不斷（多指人、車、船等）。絡繹，讀 luòyì。
[5] 蕩漾：水面起伏波動。

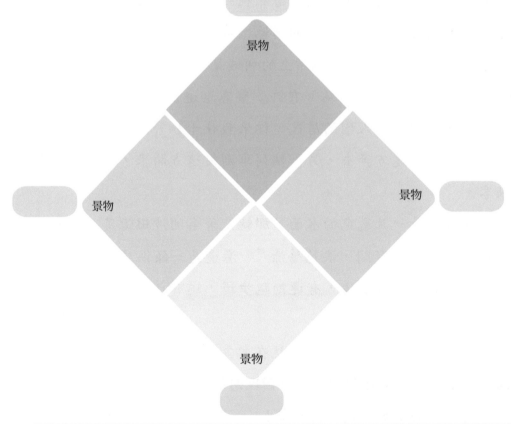

相關知識

定點觀察的好處在於：立足點固定不移，觀察者容易做到集中注意力進行觀察，對某一處、某一點、某一面的具體景物的觀察能更加細緻、準確。寫作的時候再把所觀察到的景物依次描寫下來。這種方法可以使讀者明確把握作者觀察景物的位置和方向，便於讀者從作者的觀察點出發，逐一再現景物，獲得身臨其境的感受。

比如想要對自己居住的屋苑進行觀察，就可以選擇一個合適的地點，如一座最高的屋頂天台，然後按一定的順序，仔細觀察各個方向的景物。

練習

1. 請根據課文內容填寫下面的圖表。

作者的立足點：＿＿＿＿＿＿＿＿＿＿＿＿＿＿＿＿＿＿＿＿＿＿＿

作者的觀察順序：＿＿＿＿＿＿＿＿＿＿＿＿＿＿＿＿＿＿＿＿＿＿＿

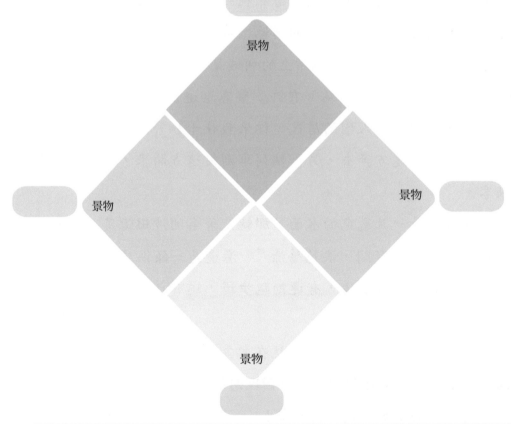

景物

景物

景物

景物

2. 根據課文內容說一說定點觀察有什麼特點。

3. 閱讀下面的文字並填寫表格。

　　遠地的山崗，不似早春時候盡被白漫漫的雲霧罩着了，巍然站在四圍，閃出一種很散漫的青的薄光來。山腰裏寥落的松柏也似乎看得清楚了。橋左邊山的形式，又自不同，獨立在那邊，黃色裏泛出青綠來。不過山上沒有一株樹木，似乎太單調了；山麓下卻有無數的竹林和叢藪。（徐蔚南《山陰道上》）

觀察點	
觀察順序	
景物	

? 探究驅動

1. 以小組為單位，請一位同學以《回家／去學校路上的風景》為主題，在小組內做一個 2 分鐘左右的演講。其他同學可以選擇記錄下演講同學的「遊蹤」（即轉換地點的關鍵詞，如：我從家門口出來 …… 車子右轉之後 …… ），也可以選擇簡單畫出演講同學提到的路線和風景。

2. 小組討論多使用「轉換地點關鍵詞」的巧妙之處。

講解

小提示

其實，上面的活動就是前面學習過的「移步換景法」。我們生活中處處有它的身影！

　　移步換景法又稱步移法，是一種觀察事物、描寫景物的方法。採用步移法，選擇不同觀察點，如遠眺、近觀、仰視、鳥瞰等，立足點的變化使觀察的角度也增多了。

　　運用步移法時，要以瀏覽順序為線索，把觀察點的轉變交代清楚，移步和換景必須保持一致。根據不同的立足點，來寫出觀察到的不同景觀，便於讀者明確景物的描寫角度。

　　這種方法可以逐一描繪出景物的各個局部，從而更好地展示景物的全貌。以明顯的瀏覽順序進行寫作，可以使文章層次清晰、條理清楚。

璀璨①的夜明珠

　　香港被喻為一顆「東方明珠」，最能展現它璀璨光芒的就是香港美麗的夜景。國慶假期裏的一天，吃過晚飯後，我們全家去看了香港的夜景。

　　夜幕剛剛降臨，香港已經成了燈的海洋、光的世界。港灣裏閃耀的燈光，像五顏六色的焰火灑落人間。馬路上一串串明亮的車燈光彩奪目②，如同閃光的長河奔流不息。高樓大廈上一朵朵彩色的窗燈絢麗斑斕③，如同飛落的彩蝶閃爍活潑。遠近高低一排排的街燈流光溢彩④，活像一顆顆五顏六色的果實，搖曳生姿⑤。燈光把香港每一個角落裝點得奇幻美妙，讓人眼花繚亂⑥、浮想聯翩⑦。

　　夜色籠罩⑧了天地，我們登上太平山頂俯瞰⑨香港的夜景。一幢幢擎天柱⑩一般的高樓屹立在我們的腳下。雄偉的高樓如壯士昂首挺胸，秀氣的高樓似美女亭亭玉立，在燈光的輝映⑪下神氣活現，令人目不暇接⑫。燈光像是銀河的星星從天而降，全城燈火輝煌，彩色燈飾、廣告畫面、霓虹招牌把整個香港點綴⑬得生機勃勃，繁華浪漫。

　　從山上下來，我們來到尖沙咀「星光大道」，感覺自己闖入了燈光的客廳。遊人的頭頂、腳下，全身上下，都有燈光的點綴。堤岸的燈光高低曲折，像一排排閃光的林木，樓宇的燈火競放異彩⑭，像一束束鮮花開放。最好看的還是海面，岸上和海上的燈光連成一體，岸上的燈光像是樹上開放的花枝，海上的燈光像是海底延伸着的根鬚，上下

① 璀璨：光明燦爛，讀 cuǐcàn。

② 光彩奪目：色彩鮮明，耀人眼目。

③ 絢麗斑斕：燦爛美麗。絢，讀 xuàn。斑斕，讀 bānlán。

④ 流光溢彩：流動的光影，滿溢的色彩。形容色彩明麗。

⑤ 搖曳生姿：姿態閒雅、婀娜多姿的樣子。

⑥ 眼花繚亂：形容眼睛昏花，心緒迷亂。

⑦ 浮想聯翩：比喻連續不斷的聯想。

⑧ 籠罩：覆蓋。

⑨ 俯瞰：從高處往下看。

⑩ 擎天柱：托住天的柱子。比喻能擔當天下重任的棟樑之材。擎，讀 qíng。

⑪ 輝映：照耀，映射。

⑫ 目不暇接：形容眼前美好事物太多或景物變化太快，眼睛來不及觀看。暇，讀 xiá。

⑬ 點綴：襯托裝飾。綴，讀 zhuì。

⑭ 競放異彩：競相散發出奇異的光彩。

⑮ 不羈：不受拘束。比喻
　人才識高遠、俊秀脫
　俗。羈，讀 jī。
⑯ 變幻莫測：事物變化多
　端，難以預測。
⑰ 翩翩起舞：輕盈愉快地
　跳起舞來。

⑱ 沉浸：浸沒在水中的意
　思。比喻潛心於某種
　境界或思想活動中。
⑲ 懾人心魄：令人心神恐
　懼。懾，讀 shè。
⑳ 演繹：一種純粹形式的
　推理方法。
㉑ 令人遐想：讓人有超越
　現實的思索或想象。
　遐，讀 xiá。

輝映，給長長的海岸鑲上一條金邊，給幽幽的海水鍍上一層光芒。微風吹過，海水的波光粼粼，如一匹不羈⑮的金色巨馬踏浪翻騰，變幻莫測⑯。

　　八點一到，維多利亞港「幻彩詠香江」燈光音樂晚會就開始了。伴隨着香港國際會展中心廣場上美妙的音樂響起，所有高樓大廈的霓虹燈仿佛接到命令一般，立刻翩翩起舞⑰。中銀大廈像一把出鞘的、閃着銀色光線的利劍，直指長空，通體的鋼骨閃動着銀白的亮光，在這位領舞者身邊，所有的大廈都盛裝登場、競相亮相。一時間，香港島和九龍半島逾 40 棟大樓就隨着音樂的節奏綻放繽紛炫亮的燈光，兩岸大樓上所有的鐳射燈光齊發，上演了全球最大型的燈光音樂匯演。燈光忽亮忽滅，忽跳躍忽閃爍，霓虹閃爍如精靈飛舞，音樂高歌如電閃雷霆，黑夜如同白晝，兩岸一片歡騰。

　　離開了星光大道，我依然沉浸⑱在燈光音樂此起彼伏、歡聲笑語不絕於耳的香港夜景之中。這樣的景色懾人心魄⑲，顯示了城市發展的活力和繁榮，展現了香港人生活的生氣和色彩。香港夜景，演繹⑳了小島變巨星的故事，象徵着香港明天的燦爛前景，令人遐想㉑不已。

　　香港真不愧是東方一顆璀璨無比的明珠！

相關知識

遊記的重點在於展示作者遊覽的經過。採用步移法能讓讀者清楚地知道遊覽的過程及具體的路線，把一路上最有特色的景物依次描繪出來，隨着觀察點的變換，不斷展現新畫面，有帶領讀者同遊同看的效果。

在課文中，作者以自己的行蹤為線索，邊走邊觀看。從馬路上、到太平山頂、再到星光大道，把不同地點所看到的香港夜晚燈光景色依次描寫出來。讀者隨着作者的蹤跡和視角，看到了夜晚燈光下的美景，感受到香港這座城市特有的活力和美感，領悟到作者對香港的喜愛與讚美之情。

採用步移法不但能把行蹤交代得清清楚楚，而且能針對香港夜晚不同地點的燈光景觀進行突出描寫，更好地展示香港夜景的全貌。

練習

1. 根據課文內容填空。

（1）這篇文章通過描寫＿＿＿＿＿＿＿＿＿＿，說明＿＿＿＿＿＿＿＿＿＿。

（2）這是一篇以描寫＿＿＿＿＿＿＿＿＿為主的＿＿＿＿＿＿＿＿＿＿，

作者採用了＿＿＿＿＿＿＿＿＿＿來觀察事物，帶着讀者跟隨他的視線，

由＿＿＿＿＿＿＿至＿＿＿＿＿＿＿再到＿＿＿＿＿＿＿飽覽夜幕下

香港＿＿＿＿＿＿＿的美態。

2. 請給課文劃分段落並概括大意。

3. 根據課文內容填寫下表。

移步點	觀察的對象	看到的景物

寫景抒情的方法

？ 探究驅動

1. 請根據詩句展開豐富想象，畫出一幅圖。

大漠孤煙直，長河落日圓。

古道西風瘦馬。

2. 兩人一組，仔細觀察自己的校園，並作一個簡單的觀察記錄。

觀察時間：＿＿＿＿＿＿＿＿＿＿

觀察路線：從＿＿＿＿＿到＿＿＿＿＿

觀察順序：先＿＿＿＿＿＿＿＿＿＿，再＿＿＿＿＿＿＿＿＿＿，

然後＿＿＿＿＿＿＿＿＿＿＿＿＿＿＿＿

觀察對象：＿＿＿＿＿＿＿＿＿＿＿＿＿（提示：如圖書館）

觀察景物：＿＿＿＿＿＿＿＿＿＿＿＿＿（提示：抓住特點，加以描繪）

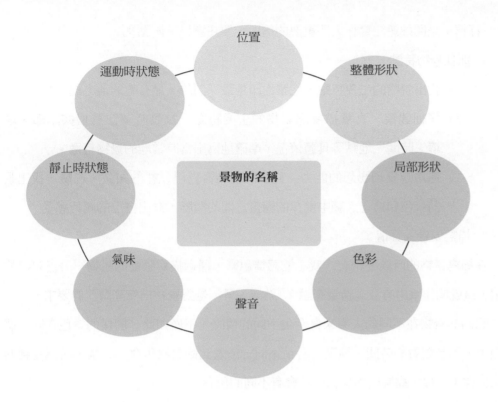

3. 思考與交流。通過觀察與記錄，你發現了校園裏哪些平時沒有注意到的景物？你對校園有一種什麼樣的感情？

講解

　　創作遊記，除了要讓讀者「知道」景物，更要讓讀者有「感受和體會」，就是有描寫也有「抒情」。作者要用恰當的、真實的、巧妙的方式，賦予文字畫面感，讀者才能感受到作者抒發表達的「情」，才會有所觸動。

作者

看到的、喜歡的景　　情

抒情方法

遊 記

....

....

....

讀者

聯想、想象和感受

通過文字想象到的景，感受到的情

「抒情」是開啟遊記寫作大門重要的鑰匙，要注意以下兩點：

1. 抓住景物特點。

  （1）找出景物的主要特點，把讓你印象最深刻的、最有趣的地方記下來。

  （2）仔細觀察、真實描寫出景物的主要特點。寫景時要注意根據季節、環境、時間、地點等具體情況，準確地寫出當時當地的景物特徵。

  （3）運用想象和聯想的能力。寫景時要結合自己以往的知識、經驗，找出眼前景色和自己大腦中儲存的圖畫之間的關聯，寫出自己的獨特感受。

2. 描寫要融入真情。

在描寫景物的時候要帶有「我」的感情色彩，通過描寫眼前的景物，表達自己的感情，這就叫作景中有我、情景交融。「融情入景」是對景物描寫高層次的要求。

相同的景物在不同的人看來會產生不同的情感。不僅如此，同樣的景色在同一個人眼中，因為觀看的時間、地點、心情不同，所看到的景物也會不一樣，所感受到的感情更會不一樣，描寫出的景物自然會有不同的色彩。

小提示

「登山則情滿於山，觀海則意溢於海。」——劉勰《文心雕龍》

📖 課文

我校的禮堂

我喜愛我的校園，尤其喜愛校園的禮堂。

禮堂在學校教學樓的對面，和敞亮明淨、歡快熱鬧的教學樓相比，她是這麼的高大雄偉，卻又是這樣的沉默肅靜[1]。平時，所有的門窗都蒙着黑絲絨簾子，顯得格外莊嚴和神秘。

早上，我們在禮堂裏舉行年級集會。門口的簾子自動拉上了，外

[1] 肅靜：嚴肅寂靜。

面的陽光隔斷了，遠處的喧囂❷消失了，學生仿佛走進了穿越時空的隧道，充滿了好奇又不免緊張。我們聽着老師的講述，仿佛等待着前行出發的命令，全神貫注，不敢有一絲疏漏❸。當我們的集會結束時，禮堂的頂部亮起了指向不同角度的燈，像是嚴肅的老師給我們指明了方向。我們從這裏走出，奔向各自的教室。

　　午餐時間到了，學生們在禮堂的前面奔跑跳躍、盡情玩耍，校園裏一片歡騰。禮堂不言不語，顯得孤單寂寞。笑聲、歡呼聲震蕩❹着她的耳朵，飛來的球不時蹦跳在她身上，她像是一座宮殿，又像是一座雕像。不，她更像是一位沉思的長者，專心致志，絲毫不受干擾。她在思考什麼呢？在想親人好友嗎？在回憶過去的美好時光嗎？我隔着門悄悄地往內看，想要窺探❺她的內心世界，可是，她把所有的秘密都關閉起來。

　　夜幕降臨了，禮堂突然容光煥發❻、神采奕奕❼，燈光為她披上了高雅美麗的盛裝，在夜色中閃亮輝煌。她歡笑着迎接每一個觀看表演、展覽的人們。我踏進禮堂，像是走進了一個驚喜浪漫的客廳。美妙的音樂是禮堂快樂的笑語，七彩的光芒是禮堂喜悅的目光。舞台上表演家從幕後跳了出來，舞台下觀眾熱烈的掌聲久久迴蕩❽。每一個學生都渴望在這裏施展才藝，每一位家長都希望在這裏看到孩子的身影。禮堂像是一位美麗動人的母親張開巨大的懷抱，擁抱着我們。

　　禮堂讓我的校園生活充滿了樂趣，禮堂給我們的校園帶來了無限生機。

　　我愛禮堂，愛我們充滿趣味的學校生活！

🔍 相關知識

景物描寫要生動、真實，給讀者留下深刻印象。景物要寫好，必須有技巧。

1. 運用多感官，抓住特點。打開所有感官，用眼睛觀看，用耳朵聆聽，用鼻子嗅聞，用四肢觸摸，用嘴巴品嘗，從不同的角度，全面掌握景物的特點。

❷ 喧囂：喧嘩吵鬧，讀 xuānxiāo。

❸ 疏漏：疏忽遺漏。

❹ 震蕩：震動擺蕩，不安定。

❺ 窺探：暗中查探。窺，讀 kuī。

❻ 容光煥發：臉上呈現閃耀的光彩。形容人精神飽滿，生氣蓬勃。

❼ 神采奕奕：形容人精神飽滿，容光煥發。奕，讀 yì。

❽ 迴蕩：迴旋飄浮。

📢 小提示

「文似看山不喜平」說的就是文章的起伏高低的把握，如果用同樣的筆墨，每段同樣的技巧，那就會使得遊記散文變得單調無趣。

2. 發揮想象，巧用修辭。如：排比、擬人、比喻、誇張、象徵等。

3. 靈活選詞，有聲有色。要結合自己的情感，選擇詞語修飾，靈活運用動詞、形容詞、擬聲詞等。

4. 意象表達，生動形象。選用表現力強的意象，可以將抽象的感受直接強烈地展現出來。例如「野火燒不盡，春風吹又生」。

5. 整體把握，重點突出。寫作時要分清哪些需要簡略概括，哪些需要細緻描繪，分清主次。

練習

1. 請找出課文中的比喻句和擬人句，分析並填寫下表。

句子	修辭手法	怎麼使用 （把 ＿ 比作 / 擬作 ＿）	好處
禮堂像是一位美麗動人的母親，張開巨大的懷抱，擁抱着我們。			

2. 從課文中找出「整體描寫」和「局部描寫」的兩個例子。

	景物	描寫
整体		
局部		

3. 從課文中找出「靜態描寫」和「動態描寫」的兩個例子。

	景物	描寫
靜態		
動態		

4. 請根據下面這段文字回答問題。

　　每當夜幕降臨，香港這個海濱城市就籠罩在光彩奪目的霓虹燈下。忙了一整天的人們，有的趕着回家、有的趕去赴宴、有的趕去約會⋯⋯車輛川流不息連成一串，車子停下時像一條紅寶石項鏈，車子行進時又變成了一條名貴的鑽石項鏈。

　　節假日的維多利亞海港，五彩繽紛的鐳射燈光射上天空，又倒映在烏藍的海面上。白日裏平靜的海面，此刻變成了一個熱鬧的舞池，在歡快的音樂伴奏下，人們盡情舞蹈，全然陶醉。

（1）作者如何發揮聯想和想象描寫眼前的景物？

（2）文中使用了哪些修辭手法生動地描寫景物？

（3）文中選用了哪些動詞、形容詞，細緻準確地描寫景物？

（4）從對景物的描寫中，你能感受到作者的情感嗎？是什麼情感？你是從哪些地方感受到的？

5. 請找出下面這段文字使用的寫景方法。

　　當我從居庸關的景區門口仰望長城時，好像是看見了一條久歷風霜、曲折盤繞的老龍。他匍匐在連綿不絕、重巒疊嶂的青山上，用自己的身軀守護着周圍廣袤的土地，守護着這片土地上的炎黃子孫。漫山遍野、茂密蒼翠的林木，就像是巨龍藏身的深潭；而那浮在天空、變化多端的白霧，就像是巨龍飛翔時吞吐的雲煙。在群山和雲霧的襯托下，長城更顯得雄偉壯觀、氣勢磅礴。

寫出自己的遊記

？ 探究驅動

請將下面描寫景物的詞語分類，並填入下表。

鶯飛草長　山高壑深　奇峰怪石　碧波蕩漾　山巒起伏　清澈見底　飛瀑直下

波濤浩瀚　萬紫千紅　一瀉千里　綠樹成蔭　美不勝收　璀璨奪目　綠肥紅瘦

春暖花開　銀裝素裹　桃紅李白　百花爭艷　春光明媚　蜂飛蝶舞　春意盎然

動態詞　　　　　　　　靜態詞　　　　　　　　色彩詞

講解

　　古人說：「讀萬卷書，行萬里路。」從自然山水中發現美感，在遊歷觀賞中陶冶性情，然後借用遊記這種文體記錄我們的收穫與感受。

　　寫作遊記之前，需要做一些必要的準備：

1. 確定描寫對象

2. 規劃主要內容

3. 安排寫作的結構順序

4. 複習學過的觀察、描寫方法

　　做好準備後，我們就可以滿懷信心地開始寫一篇條理清晰、生動形象、飽含情感的遊記。

寫作前的必要準備

在寫作之前，要先明確自己的描寫對象。你可以用回答問題的方式理清自己的思緒[1]。先認真想一想，你去過什麼地方旅行？哪個地方給你的印象最深？這個地方有什麼名勝古跡，或者有哪些美麗的自然風景？你能不能選出這次旅途中最喜歡的三個來進行詳細描述？這些地方有什麼突出特點？在它們的背後，有什麼相關的歷史知識或者有趣的故事？在你觀賞這些景物的時候，內心體驗到了怎樣的情感？

在寫作之前，可以先列出一個簡表，把上面的問題用表格的形式寫出來。除了選擇最喜歡的三個來描寫，也可以選擇描寫自己觀察最細緻、最感興趣、最具有獨特感受的景點。

名勝古跡總是和一些歷史傳說聯繫在一起，所以觀賞名勝古跡時，要對這些內容進行瞭解，在文章中有目的、有選擇地加以介紹，這樣可以使遊記具有知識性和趣味性。

介紹自然風景時你要想一想，用什麼手法能把看到的景物特徵描述出來，怎樣才能做到情景交融，寫出真情實感，表達情趣志向。

如果你想要把遊覽的時間與空間順序交代清楚，依次寫出經歷的路線和看到的景點，那麼採用步移法是很好的選擇，邊走邊看，對你在不同觀察立足點看到的景物進行描寫。使用步移法要注意，在描寫

❶ 思緒：思想的頭緒。

時要把自己從一個景點到另一個景點的行蹤交代清楚，要寫明自己的遊覽路線，告訴讀者不同景點的轉換過程和先後順序。

　　寫遊記一定要有條有理^❷，在段落之間用恰當的詞語和句子寫清楚旅遊的經過。常用來表示行進方向的詞語有：前、後、上、下、左、右、進、出、沿着；常用來表示先後順序的詞語有：首先、然後、接着、最後。把它們結合使用，可以有效地達到寫作目的。

相關知識

在動筆寫遊記之前要先寫出提綱，一般的遊記分為三個部分。

第一部分：在什麼時候？和誰？去了什麼地方？開頭應略寫。

第二部分：介紹遊覽過程。可以使用步移法，要確定重點段落，詳寫重點景觀。

A 景點（什麼景物？有什麼特點？給你留下什麼印象？）

B 景點（什麼景物？有什麼特點？給你留下什麼印象？）

C 景點（什麼景物？有什麼特點？給你留下什麼印象？）

D 景點（什麼景物？有什麼特點？給你留下什麼印象？）

第三部分：抒發自己遊覽的切身感受、表達真實的情感。結尾處簡略點出文章的中心主旨。

> **小提示**
>
> 　在介紹 ABCD 等景點時，要注意主次詳略的考量，並使用不同的手法和技巧。

練習

1. 根據課文內容，説説寫一篇遊記前，需要做好哪些方面的準備。

2. 寫作練習。依據一次親身遊覽經歷，寫一篇遊記，描寫你喜歡的景物。

寫作要求：

（1）突出描述景物的特點；

（2）恰當使用學過的描寫方法，如整體和局部的描寫、動態和靜態的描寫等；

（3）適當運用多種觀察描寫技巧，如多感官觀察、移步觀察或定點觀察。其中，定點觀察包括多角度觀察，如：遠眺、近觀、仰視、俯視等；

（4）選用多種修辭手法和恰當的詞語；

（5）明確表達自己的感情。

寫作步驟：

第一步：確定遊記內容和遊記題目。

_____遊記

時間：_____

地點：_____

人物：_____

重點景物：_____

第二步：完成寫作提綱。

結構	內容	寫法	重點詞語	寫作意圖
第一部分				
第二部分	遊覽過程			
第三部分				

第三步：把重點景物畫在框內，然後用比喻法或擬人法描寫出來，並寫出你
　　　　對這次遊覽的整體感覺。

平視

略述：_____

_____

詳述：_____

_____

仰視、俯視

略述：_____

_____

詳述：_____

_____

環視

略述：_____

_____

詳述：_____

_____

你對這次遊覽的整體感覺：

_____

_____

_____

_____

_____

第四步：創作你的遊記。

第五步：運用自查表審查寫作情況。

遊記寫作自查表

自查問題	寫作情況
本單元學過的遊記文章有什麼你可以學習的好地方？	
你寫的景物背後有什麼歷史故事？（風俗文化、民間傳說、神奇色彩等）	
你用到步移法了嗎？	
你對景物進行整體和局部描寫了嗎？怎樣描寫的？	
你使用了哪些恰當精美的詞語來描寫景物、表達情感？如色彩詞、擬聲詞和成語等。	
你使用修辭手法了嗎？是如何使用的？如比喻、擬人、排比等。	
你通過寫作表達了自己的感情嗎？表達了什麼感情？	

第四課　如何寫導遊詞和解說詞？

探究驅動

1. 詞語配對。請把下面的詞語和各自的意思相連。

景色鮮明悅目，令人心曠神怡。	山明水秀
形容景色柔和美好。	世外桃源
春風和煦，景物明麗。	水碧山青
湖水的波光，山中的景色。形容美好的自然風景。	名勝古跡
水色碧綠，山景青翠。	人間仙境
形容山水秀麗，風景優美。	水光山色
比喻風景優美而人跡罕至的地方。	風光明媚
形容山水風光明媚，景色秀麗。	風光旖旎
風景優美或有古文物遺跡的地方。	湖光山色
形容景色優美，如詩如畫，有如仙界一般。	春和景明

2. 請說出句子中劃線詞語的意思。

（1）兵馬俑、長城、故宮都是聞名遐邇的<u>名勝古跡</u>。

（2）去旅遊吧，去看看令人<u>嘆為觀止</u>的名勝古跡，去遊歷變化萬千的自然奇觀，去欣賞形態各異的花草樹木 …… 必將開闊你的心胸，增長你的見識。

（3）我的家鄉雖然沒有名勝古跡，可是水光山色如詩如畫，置身其中有如步入人間仙境。一排排的綠樹紅花，香氣襲人，<u>沁人心脾</u>。

（4）泰山景區<u>遐邇聞名</u>，古樸典雅的古代建築引人入勝，王母池、萬仙樓、中天

門、玉皇頂等名勝古跡，一一映入眼簾。歷代<u>騷人墨客</u>在石壁上留下的佳句更是令愛好書法的遊客留戀不捨。

（5）中國<u>地大物博</u>，有 56 個民族；文化悠久，有 5 千年的歷史；山水壯美，名勝古跡數不勝數，每年都會吸引世界各地的遊客前來觀光遊覽。

📖 講解

到一個不熟悉的地方旅行，常常需要導遊的幫助。在這個時候，導遊的講解說明或敘述描繪，對旅行的人來說就非常重要了。導遊詞就是導遊引導遊客觀光遊覽時的講解詞。遊記和導遊詞都是我們旅行的良伴，與旅遊活動密切相關。

📖 課文

遊記散文與景點導遊詞

遊記散文是遊覽①者回顧記敘自己旅行經歷的散文，屬文學文體；導遊詞是導遊者進行現場導遊活動的解說詞，屬於說明性質②的應用文③體。和遊記散文相比，導遊詞的作用在於宣傳景點的特點優勢，引導遊客觀光遊覽，或吸引更多遊客光臨，實用性更強，交流目的更明確。兩種文體文本的語境、受眾、目的不同。

其一，講述者與講述對象有別。遊記的講述者是作者，講述對象比較寬泛。作者寫作以自我為主，描述自己的見聞，抒發個人的情感。導遊詞的講述者是導遊，講述對象是遊客。導遊詞為服務遊客而寫，導遊詞要根據遊客的特點和需要而不是導遊個人的喜好進行講解。可以說，遊記面向個人，導遊詞面向大眾。

其二，寫作時間順序的安排不同。遊記是遊覽後作者對發生過的事情進行寫作的。導遊詞是對還沒有進行的或正在進行的說明活動而寫的，需要對眼前的遊客進行即時④解說⑤，要有明確的現場感和強烈的臨場效果，讓遊客享受奇妙的遊覽體驗。

① 遊覽：到各處參觀、欣賞名勝、風景等，或專程為放鬆或觀光而去旅行。
② 性質：本性、氣質。
③ 應用文：文體名。不屬於純文學作品而重在社交應用的文體，如書信、對聯、公文等，統稱為「應用文」。
④ 即時：當下，即刻，立刻。
⑤ 解說：解釋、說明。

遊記描寫的順序比較隨意，可以按照自己的喜愛程度或景點的著名程度依次敘寫，也可以選擇自己感興趣的景點進行描寫和介紹。導遊詞則必須根據規定的線路來安排講解的順序。導遊不能憑個人的喜好，而要服務於眾多 ⑥ 遊客，為遊覽者提供全方位的信息，不但選擇最有遊覽價值的景點，還要沿着最恰當的遊覽線路依次介紹。在介紹景點時，要做到點面結合，既要有「線」（整個旅程介紹）的設計，又要有「點」（景點）的重頭解說，多採用「移步換景 ⑦」法加以介紹。

其三，內容要點有所不同。遊記的內容允許靈活突出個人風格，較為隨意；導遊詞的內容有統一規範，各要素缺一不可。其中包括：

• 前言，指在陪同遊客遊覽前，表示問候、歡迎和自我介紹的話。幽默詼諧、妙語連珠的前言，能給遊客留下深刻的印象，創造出一種融洽的氣氛。

• 總述，指對遊覽景點的一個總的概括介紹。

• 分述，指對所選景點多角度多層面的介紹。

• 結尾，指對遊覽作結，安排佈置接下來的行程，並感謝、告別遊客。

其四，交流方式語言風格不同。遊記與受眾的交流是間接的，導遊詞與受眾的交流是面對面直接的。導遊詞為口頭表達而寫，講究口語化，用淺顯易懂的語彙，講起來清楚順口，聽起來輕鬆明白。導遊詞的語言要幽默風趣、簡明貼切、自然生動，富有良好的親和力與感染力。

通過以上的比較，你對遊記與導遊詞的異同 ⑧ 有所瞭解了嗎？

🔍 相關知識

導遊詞作為一種應用文，在使用的時候要突出其實用性，注重其交流的目的和效用。由於文本的語境、受眾、目的不同，所包含的內容、情感不同，所使用的語言、語氣、語調等也要有相應的變化。

1. 根據課文內容填寫下表，區分遊記和導遊詞的異同。

比較點	遊記	導遊詞
文體		
受眾		
目的		
時間		
地點		
人物		
結構順序		
情感表達		

2. 閱讀下面的導遊詞，從中找出相關內容並填入表格中。

女士們、先生們：

　　長江三峽東起湖北宜昌南津關，西至重慶奉節縣白帝城，由西陵峽、巫峽、瞿塘峽組成，全長 193 公里。它是長江風光的精華、神州山水的瑰寶，古往今來閃耀着迷人的光彩，使無數中外遊客為之傾倒。

　　來長江三峽旅遊，可以從重慶順流而下，快鏡頭地觀賞三峽奇特風光；也可以從上海、南京或武漢逆流而上，慢節奏地飽覽長江沿途美景。然而，從長江三峽的門戶宜昌出發，暢遊神奇美麗的三峽，是最佳的旅遊方式。

　　朋友，讓我們一起從宜昌開始神奇壯麗的三峽之旅吧！

<u>文體要素</u>

講者：　　　　　　　　　　受眾：

體裁：　　　　　　　　　　目的：

<u>內容要素</u>

時間：　　　　　　　　　　地點：

人物：

<u>語言要素</u>

語言特點：

語氣：

語音：

語調：

寫出得當的導遊詞

？ 探究驅動

1. 閱讀下面的導遊詞，説説看這段文字主要可以分成幾個部分？每一部分的主要內容是什麼？

> 各位遊客朋友們：
>
> 你們好！
>
> 我是007號導遊唐小虎，現在我們所在的地方是中國第一大水利樞紐——三峽水利樞紐。
>
> 三峽是瞿塘峽、巫峽、西陵峽三大峽谷的總稱，從自然上說三峽是長江的標誌性河段，從人文上說三峽是長江文明的華彩樂章。因為有了三峽，長江變得更加雄偉，風光變得格外秀麗。三峽因長江而存在，長江以三峽而驕傲。
>
> 下面是自由活動時間，遊客朋友們可以隨意拍照留念，三小時後在這裏集合。

2. 根據導遊詞的內容完成下表。

講者		語言特點	
受眾		語氣	
目的		語調	

小提示

導遊面對的受眾是不固定的，導遊不僅要介紹景物的特點，更重要的是要時刻關注聽眾的反應。作為一個導遊，就是要滿足遊客的需要，解答遊客的問題。在解說時，根據聽眾的需要隨時對講解的內容進行補充說明，調整自己的詞句語彙以及語氣語調。

講解

導遊詞是導遊沿途講解的介紹詞，主要針對旅遊對象、旅遊路線、旅遊景點、注意事項等進行介紹和說明，達到讓遊客對遊覽景區有更加全面、清楚的瞭解的目的。

導遊詞有以下幾項內容要素：

- 要有導入語和結束語
- 要讓遊客清楚遊覽行蹤
- 要說明遊覽景物的特點
- 要告訴遊客注意的事項
- 語氣親切自然，讓遊客輕鬆愉快

九寨溝導遊詞

各位團友好！首先我代表光明旅行社，歡迎各位朋友來九寨溝觀光旅遊。

我姓王，是本次隨團❶導遊，大家叫我「王導」好了。這位是我們的司機趙師傅。今天由趙師傅和我為大家服務，我們十分榮幸！大家有什麼問題和要求請儘量提出來，我們會盡力解決。

九寨溝位於四川省南坪縣境內，是一個中外聞名❷的自然風景區。這裏秀峰挺立❸，山谷幽靜，湖泊棋佈❹，河流縱橫❺，瀑布懸掛，是一個景物奇異、風光秀麗❻的佳境。有「人間仙境」「九寨風光勝桂林」的美稱。

遊客朋友們，我們順着林蔭小道❼向上走去，一會兒就到諾日朗瀑布了！你們看，這瀑布怎麼樣？白花花的流水從樹叢中飛流出來，好像銀河奔瀉❽，拋珠撒玉❾，聲震幽谷❿，映照彩虹。這裏四季景色各異：春天花朵點綴山谷溪流，夏天濃蔭⓫倒影蕩漾水面，秋天楓葉野果為湖水添色，冬天玉樹瓊枝⓬倒掛山間。

前面就是九寨溝的湖泊，大家跟着我去遊覽。九寨溝的湖泊非常美麗，它像一面鏡子鑲嵌⓭在深山峽谷中，湖水清澈透明，放眼望去，水的顏色由淺處的天藍色變為較深處的墨綠色，五彩池最為驚

❶ 隨團：跟隨某個旅行團。

❷ 中外聞名：在中國和外國都非常有名。

❸ 秀峰挺立：形容山峰筆直的樣子。

❹ 湖泊棋佈：形容湖泊繁多密集，如棋子一樣散佈。

❺ 河流縱橫：形容河流豎和橫互相交錯的樣子。

❻ 風光秀麗：風景清秀優雅，美麗脫俗。

❼ 林蔭小道：指兩邊栽有高大茂密樹木的小路。

❽ 銀河奔瀉：形容大量水流由高處向低處急速流去的狀態。

❾ 拋珠撒玉：形容水流奔瀉時產生的水珠如同撒下珠子和玉石。

❿ 聲震幽谷：形容水聲極大，甚至可以震動山谷。

⓫ 濃蔭：枝葉濃密的樹蔭。

⓬ 玉樹瓊枝：指冬天被雪覆蓋的樹木以及枝葉。

⓭ 鑲嵌：把一物體嵌入另一物體內，作為裝飾。

大家真有眼福啊。看！那些就是國家一級保護動物 —— 金絲猴。金絲猴全身毛色金黃，背毛很長，宛如肩披一件金色的蓑衣 [17]，鼻子向前翹着。牠爪子很尖，有一條長長的尾巴。從遠處看，像一個威武的衛士在守護着九寨溝。

遊客朋友們，九寨溝處處如畫。為方便大家拍照，我們在此解散 [18]，大家隨意漫步欣賞！請大家注意安全，保護生態環境，不要隨意攀折植物，更不要隨地丟棄垃圾。在今天的遊覽過程中，若有不盡人意 [19] 之處，還請各位批評指正。

最後，祝願大家一路平安！希望大家不虛此行，玩得開心盡興！

相關知識

導遊詞的語言特點如下：

1. 恰當準確的稱呼語
2. 禮貌親切的導入語
3. 準確明白的概括語
4. 重點突出的介紹語
5. 生動形象的講述語
6. 入情入理的結束語（包括清楚的行動指示、明確的注意事項、美好的祝願等）

導遊的語言表述要做到有禮貌、有親和力、有特色、吸引人。下面這段話，就包含了恰當的導入語和結束語。

各位遊客：

大家好！歡迎大家到八達嶺景區觀光旅遊。今天有幸陪同大家一起參觀，我很高興，望各位能在八達嶺度過一段美好的時光……

小提示

一位成功的導遊，不僅要具有豐富的知識，還要具備熟練的口頭表達能力和語言技巧，以滿足和遊客面對面的交流需要。

[14] 鴛鴦：鳥名。雄為鴛，雌為鴦，雄雌多成對棲息於池沼之上。

[15] 翠鳥：鳥名。多半有冠羽，顏色鮮艷，尾短，喙粗長而尖銳。

[16] 歷歷可數：可以清楚地一個個數出來。歷歷，清楚分明的樣子。

[17] 蓑衣：蓑草編成的雨衣。

[18] 解散：將集合在一起的人分散開。

[19] 不盡人意：指某件事物的結果不完全符合人們意願。

練習

1. 根據課文內容填寫下表並與同學們討論。

稱呼語	
導入語	
概括語	
介紹語	
講述語	
結束語	

2. 請根據你的理解填空。

導遊詞中的歡迎語可以包含＿＿＿＿＿＿＿＿＿＿＿＿＿＿＿＿＿＿

＿＿＿＿＿＿＿＿＿＿＿＿＿＿＿＿＿＿＿＿＿＿＿等放在開頭；

概括語是概述＿＿＿＿＿＿＿＿＿＿＿＿＿＿＿＿＿＿＿＿＿＿＿

＿＿＿＿＿＿＿＿＿＿＿＿＿＿＿＿＿＿＿＿＿＿＿等；

介紹語是重點詳細講解＿＿＿＿＿＿＿＿＿＿＿＿＿＿＿＿＿＿

＿＿＿＿＿＿＿＿＿＿＿＿＿＿＿＿＿＿＿＿＿＿＿等；

結束語包括＿＿＿＿＿＿＿＿＿＿＿＿＿＿＿＿＿＿＿＿＿＿＿

＿＿＿＿＿＿＿＿＿＿＿＿＿＿＿＿＿＿＿＿＿＿＿等放在最後面。

3. 請從以下兩道題目中選擇一道，寫一篇導遊詞。

（1）補寫「長城」導遊詞。

親愛的遊客朋友們：

　　大家好！歡迎大家來長城遊覽。

　　我們現在乘坐着美景旅行社的客運巴士前往八達嶺，遊覽世界歷史文化遺產之一 —— 長城。我是本次的導遊，大家可以叫我曾導或小曾。

　　如果有什麼問題，可以隨時來問我。希望大家不虛此行，旅行愉快！

　　長城是 ＿＿＿＿＿＿＿＿＿＿＿＿＿＿＿＿＿＿＿＿＿

＿＿＿＿＿＿＿＿＿＿＿＿＿＿＿＿＿＿＿＿＿＿＿＿＿

　　大家看這裏，＿＿＿＿＿＿＿＿＿＿＿＿＿＿＿＿＿

＿＿＿＿＿＿＿＿＿＿＿＿＿＿＿＿＿＿＿＿＿＿＿＿＿

　　現在大家可以自由觀賞拍照。我要提醒大家注意：＿＿＿＿＿＿＿＿＿

＿＿＿＿＿＿＿＿＿＿＿＿＿＿＿＿＿＿＿＿＿＿＿＿＿

　　到此為止本次長城之遊就結束了。

祝大家：＿＿＿＿＿＿＿＿＿＿＿＿＿＿＿＿＿＿＿＿＿

＿＿＿＿＿＿＿＿＿＿＿＿＿＿＿＿＿＿＿＿＿＿＿＿＿

＿＿＿＿＿＿＿＿＿＿＿＿＿＿＿＿＿＿＿＿＿＿＿＿＿

（2）假設有一個校外學生團來參觀學校，老師安排你做一次義務導遊。請寫一篇校園導遊詞。

解說詞的特點

探究驅動

觀看電視節目《話說長江》第十一集《壯麗的三峽》片段，認真聆聽解說詞。試着將解說詞中的有關信息填入下表。

景點所在地區	
景點名稱	
景點特色	
可見	
可聞	
相關數字	
個人感受	

講解

解說詞是對人物、事物或旅遊景觀進行說明介紹的應用文，採用口頭或書面的形式，或介紹人物的經歷、身份、貢獻、社會評價等，或說明事物的性質、特徵、形狀、成因、功用等，或對景物的特點、歷史發展等進行解說。

電視專題片的解說詞，是對影片畫面內容進行解釋說明的應用文。內容包括：

具體畫面　　　　地點

人物　　　　具體場景　　　　重點描述

突出特點　　　　激發受眾感情

編寫解說詞需要選用準確並帶有感染力的詞語來影響受眾，使受眾更瞭解被解說對象的來龍去脈，起到傳播宣傳的效果。所以，解說詞通常集敘述、描寫、抒情和說明為一體。

《長江三峽》解說詞

三峽，是萬里長江一段山水壯麗[1]的大峽谷[2]，為中國十大風景名勝之一。它西起四川省奉節縣的白帝城，東至湖北省宜昌市的南津關，由瞿塘峽、巫峽、西陵峽組成，全長 192 公里，其中峽谷段 90 公里。它是長江風光的精華、神州山水[3]的瑰寶[4]，古往今來，閃耀着迷人的光彩。

這三個峽各有其特點：瞿塘峽以宏偉雄壯[5]著稱；巫峽以幽深秀麗聞名；西陵峽則是灘多險峻驚人。三峽勝景豐富多姿，更有許許多多的名勝古跡，流傳着奇妙動人的神話故事，令人無限神往[6]。古往今來，無數詩人畫家、名士高人慕名而來[7]，為其吟詩作畫，描繪和讚美它的千姿萬態。遊覽三峽，飽覽奇光異景，欣賞文人墨客留下來的遺跡，是一種非常美妙的享受。

長江三峽，無限風光。瞿塘峽的雄偉，巫峽的秀麗，西陵峽的險峻[8]，還有三段峽谷中的大寧河、香溪、神農溪的神奇與古樸，令這馳名世界的山水畫廊更加氣象萬千[9]。你看，這裏的群峰，重岩疊嶂[10]，峭壁對峙[11]，煙籠霧鎖[12]；這裏的江水，洶湧奔騰[13]，驚濤裂岸[14]，百

① 山水壯麗：山水雄壯而美麗。

② 峽谷：兩邊陡峭、中間狹而深的山谷。

③ 神州山水：中國的大好河山。神州，即中國。

④ 瑰寶：稀世珍寶。

⑤ 宏偉雄壯：宏大雄偉，聲勢強大。

⑥ 神往：心中嚮往。

⑦ 慕名而來：指仰慕顯赫的名聲特地前來。

⑧ 險峻：地勢高峭險要。

⑨ 氣象萬千：形容景象千變萬化，宏偉壯麗，極為壯觀。

⑩ 重岩疊嶂：形容山嶺重重疊疊，連綿不斷。

⑪ 峭壁對峙：形容陡峭的山崖相對而立的樣子。

⑫ 煙籠霧鎖：形容煙霧很大，好像周圍環境都被煙霧封鎖起來一樣，看不清前路。

⑬ 洶湧奔騰：形容水勢盛大兇猛，奔騰起伏的樣子。

⑭ 驚濤裂岸：形容大浪拍打在岸上，讓人震撼。

折不回[15]；這裏的奇石，嶙峋崢嶸[16]，千姿百態[17]，似人若物；這裏的溶洞，奇形怪狀，空曠深邃[18]，神秘莫測[19]，令人心馳神往[20]。

　　三峽的一山一水，無不如詩，如畫似舞如歌；一景一物，皆伴隨着美麗動人的神話傳說。讓我們盡情地觀賞這壯麗的三峽景色吧，讓我們珍愛這滋養和孕育了人類的大自然吧！

　　長江三峽，一日觀之，一生難忘！

🔍 相關知識

　　解說詞有以下三種特性：

　　1. 說明性。解說詞是配合實物或圖畫的文字說明，用簡明的文字向觀眾作介紹，使觀眾一目瞭然，獲得對實物或圖畫的深刻認識。

　　2. 順序性。解說詞是按照實物陳列的順序或畫面推移的順序編寫的。各實物或各畫面具有相對獨立性，所以解說詞應該節段分明，每一件實物或一個畫面有一節或一段文字說明。在書面形式上，或用標題標明，或用空行表示。

　　3. 形象性。解說詞可以發揮對視覺的補充作用，讓觀眾在觀看實物和畫面的同時，聽到形象的描述和解釋，從而受到感染和教育；解說詞也可以發揮對聽覺的補充作用，即通過形象化的描述使聽眾身臨其境，達到情感上的共鳴。

📝 練習

1. 課文中用了哪些精美的詞語來描述三峽景物的特點？

2. 課文中用了哪些修辭手法來吸引受眾？

[15] 百折不回：指江水往前奔流的樣子，也可用來形容人的意志剛強，雖受盡挫折，仍能堅持不變，奮鬥到底。

[16] 崢嶸：形容山石高峻突兀。

[17] 千姿百態：多種多樣的姿態。

[18] 空曠深邃：空曠且深幽。

[19] 神秘莫測：形容無法捉摸，高深難測。

[20] 心馳神往：指心神飛到嚮往的地方。

3. 課文中有哪些具體內容可以誘發受眾產生聯想和想象？

4. 課文激發了受眾怎樣的情感？

小提示

1. 配合畫面簡單概括；2. 抓住景物特點的用詞；3. 聽者想象的開拓。

5. 觀看或聆聽電視專題片《話說長江》第十一集《壯麗的三峽》，重點賞析解說詞對長江風景名勝的介紹。

6. 仔細觀察下圖，請你以學校廣播員的身份，為校運會寫一篇現場解說詞。

解說詞內容包括：

活動名稱	
地點	
具體場景	
重點描述	
突出特點	
激發受眾感情	

7. 請比較景點解說詞和導遊詞的異同，並填寫下表。

比較點	解說詞	導遊詞
語境		
解說者		
受眾		
目的		
詞語選用		
語氣語調		
講述風格		

寫出貼切的解說詞

？ 探究驅動

口頭解說演練：「我的姓氏」解説。請參考下面的姓氏海報樣板，自己製作一個海報，並向大家解說自己的姓氏。時間：3-5 分鐘。

內容要點

- 你的名字：
- 自我介紹：
- 姓氏來源：
- 字詞含義：
- 歷史上的同姓氏名人：
- 現當代的同姓氏名人：

講解

解說詞和導遊詞都是以說明為目的的應用文（也稱作解說文），都具有說明文的特性，將具體對象進行描述說明，讓受眾對它們更加明白和瞭解。

解說詞	導遊詞
● 面對畫面	● 面對遊客
● 明確解說對象	● 介紹景點特點
● 簡明準確概括	● 親切生動形象
● 書面化、規範化	● 口語化、有趣味
● 以解說對象為核心	● 以遊客為核心

香港太平山頂

　　太平山頂是香港最高點，位於香港島西北部，是香港的標誌。它又被稱為維多利亞峰或扯旗山，是港島最負盛名[1]的豪華高級住宅區，也是香港最著名的遊覽勝地之一。沿着清新宜人的翠綠山巒[2]攀登，在風景優美的步行徑[3]漫步[4]，可見層層疊疊的摩天高樓，以及享譽全球[5]的維多利亞海港。

　　太平山的熱鬧之處在於山頂，乘坐纜車可直達古色古香[6]的獅子亭。在空曠怡人的山頂公園放眼四望，遠近景觀一覽無餘[7]、盡收眼底[8]。在山頂廣場可以欣賞中環地區和維多利亞港異國風情的景觀，這裏也是眺望日落景色的理想場所。海拔 428 公尺的凌霄閣設有紀念品和手工藝品專賣店，還有杜莎夫人蠟像[9]館香港分館，裏面展出很多國際名人蠟像。

　　香港夜色被列為世界四大夜景之一，太平山頂是觀賞香港夜景的最佳去處。夜幕降臨之際俯瞰山下，在萬千燈火的映照下，港島和九龍宛如鑲嵌在維多利亞港灣的兩顆明珠，交相輝映。中環地區高樓林立[10]、壯觀無比，五光十色的燈火照亮了城市的夜空。璀璨的香港之夜，不知令多少觀光客着迷[11]沉醉。

　　香港太平山頂以其得天獨厚[12]的地理環境和人文景觀，成為人們到香港的必遊之地。

[1] 最負盛名：具有很大的名望，此處是最為出名的意思。

[2] 山巒：連綿不斷的群山。

[3] 步行徑：專門為步行或爬山所設置的小路。

[4] 漫步：悠閒地隨意走。

[5] 享譽全球：名聲很大，在全世界都享有聲譽。

[6] 古色古香：形容書畫、器物、陳設或建築具有古雅的風味。

[7] 一覽無餘：一眼望去就看得很清楚，毫無遺漏。

[8] 盡收眼底：全部看在眼裏。

[9] 蠟像：用蠟塑成的實體。常以名人為塑造對象。

[10] 高樓林立：高樓又多又密，像長在林子裏面的樹一樣。

[11] 着迷：對人或事物產生難以捨棄的愛好，被深深地迷住了。

[12] 得天獨厚：獨得上天的厚愛，具有特別優越的條件。

🔍 相關知識

　　解說詞和導遊詞有所不同，前者是面對畫面，後者是面對遊客。解說詞和導遊詞相比，更加書面化、規範化，使觀眾通過簡明的文字介紹獲得深刻的認識。

📝 練習

1. 請上網查找資料，為這篇課文配上一張合適的圖片。

2. 將課文改寫為一篇圖片解說詞，並在班級朗讀表演。

3. 解說演練。請根據下面的圖畫「校園義賣日」，寫一篇圖畫解說詞，並扮演解說員在班級進行解說。

4. 創意活動：假如我是導遊。香港有豐富的旅遊資源，為了讓更多的人瞭解香港，我們要進行一個創意活動，以小組為單位，選取一個有特色的景點，進行一次模擬導遊活動。

Ⓐ 單元核心概念理解

通過閱讀古往今來不同類型的遊記來理解本單元的核心概念 —— 交流。

我發現：

● 不同的遊記作品具有不同的_____和_____的內容信息。雖然不同時代的遊記作品使用了不同的_____和_____方式，具有不同的_____途徑，但它們都記錄了_____，抒發了_____，給後來者留下了_____。我認為優秀的遊記作品具有跨越_____和_____的作用，可以促進人們之間的_____，促進人類社會的_____。我學習寫作各種遊記作品，來表達_____，和讀者進行_____。所以，我對「交流」這個概念有了_____的理解。我覺得這個概念也可以幫助我理解_____的問題。

Ⓑ 單元學習內容理解

1. 這個單元的主要內容是什麼？

2. 你學會了什麼？你認為學到的東西有什麼用處？

3. 在這個單元的學習中，你最大的收穫是什麼？

4. 在這個單元的學習中，你遇到了哪些問題？解決了嗎？是如何解決的？

5. 這個單元你最喜歡的作品是哪篇？為什麼？

單元四

想象創造，敘述故事

學習目標	課文
第一課　　什麼是故事？	
1.1 熟悉故事的文體特徵	《英勇的岳飛》
1.2 辨析故事的重要元素	《愛心樹》
1.3 明瞭理解故事的語境	《柳敬亭——說書的祖師爺》
1.4 學習講述故事的方法	《梁山伯與祝英台》
第二課　　故事有哪些種類？	
2.1 熟悉民間傳說的特點	《牛郎織女》
2.2 賞析神話的奇幻特色	《精衛填海》
2.3 瞭解成語故事的發展	《完璧歸趙與負荊請罪》
2.4 領悟寓言故事的寓意	《守株待兔》
第三課　　故事有什麼作用？	
3.1 理解分析故事的內容	《中醫典籍創造奇跡》
3.2 把握故事的歷史傳承	《樂不思蜀》
3.3 領會故事的情感表達	《管鮑之交》
3.4 學習中國的文化知識	《二月二龍抬頭》
第四課　　怎樣講述自己的故事？	
4.1 傾聽故事觀察社會人生	《背英語童謠比漢語還「溜」》
4.2 賞析故事作出評價判斷	《花木蘭的故事》
4.3 選擇多種手法講述故事	《包公審驢》
4.4 學用戲劇的方式講故事	《話劇〈包公審驢〉》
單元反思	

第一課 什麼是故事？

？ 探究驅動

1. 分小組，每位小組成員分享一個自己印象最深刻的故事，說說自己為什麼喜歡這個故事。
2. 小組討論：故事和人們的日常生活有什麼關係？一個人如果從來沒有聽過故事會怎麼樣？

講解

「故」，意思是舊。「故事」，顧名思義，指已經發生過的事情。最早的故事經口頭講述傳播，屬於口頭文學。

故事從內容上講，無所不包，可以是真實發生過的歷史故事，也可以是沒有真實發生過的虛擬故事。從時空上講，無處不在，遍佈在我們每一個人的生活中。每一個人都有故事，每一個時刻都發生着故事。人類聽故事的時間甚至比睡覺的時間都多，因為很多人的睡夢都伴隨着故事。

「講故事」，就是敘述事件，所以故事屬於敘事性的文學體裁。

課文

<h3 style="text-align:center">英勇的岳飛</h3>

❶ 勤奮好學：積極努力，熱愛學習。
❷ 知識淵博：知識精深而廣博。
❸ 練就：經過訓練而取得某種成就。
❹ 文武雙全：文才武藝都很出眾。

　　中國北宋時期出了一個英雄叫岳飛。岳飛小時候，家裏非常窮，上不起學，母親就用樹枝在沙地上教他寫字，還鼓勵他好好鍛煉身體。岳飛勤奮好學❶，長大後，不但知識淵博❷，還練就❸一身好武藝，成為了文武雙全❹的人才。

當時，北方的金兵常常攻打中原，百姓流離失所[5]，國家山河破碎[6]。母親為了鼓勵兒子報效[7]國家，帶兵參戰，勇敢殺敵，在他的背上刺了「精忠報國」[8]四個大字。孝順的岳飛時刻牢記母親的教誨[9]，並把這四個字當成了自己終生遵奉的信條[10]。每次作戰時，岳飛都會默唸「精忠報國」這四個字，身先士卒，奮勇殺敵。

由於他勇猛善戰[11]，取得了很多戰役的勝利，立了不少功勞[12]，名聲也傳遍了大江南北[13]。

相關知識

每個完整的故事，都有前因後果，有特定環境下的人物，有人與人之間的互動。一般的故事內容，大致都可以用敘述文體的「六要素」來概括。六要素指的是：故事發生的時間、地點、故事中涉及到的人物、事件的起因、事件發展變化的經過、事件的結果。

講一個好故事，就是要把人物、事件、特定的時空場景、影響人物言行的因素、所導致的結果等一系列的內容，用敘述的方式加以巧妙地組織編排，以展示出故事所傳達的意義。

講一個好故事，就是把一個看似平常的事件，講述得栩栩如生，讓人們聽得入迷、聽得動容。每一個好故事都有內在的涵義，通過富有情感的講述，讓聽者從看似尋常的事件中領悟其深刻意義，對人生有所感悟。

練習

1. 請找出課文故事的六要素，填入下表。

時間	地點	人物	起因	經過	結果

[5] 流離失所：流落他鄉，無處安身。
[6] 山河破碎：形容國土失陷分割，破敗殘缺。山河，指國家。破碎，指（國家）危在旦夕。
[7] 報效：報恩效力。
[8] 精忠報國：為國家竭盡忠誠。
[9] 教誨：懇切耐心的教導。
[10] 信條：信奉的原則。
[11] 勇猛善戰：勇敢兇猛，善於作戰。
[12] 功勞：突出的貢獻。
[13] 大江南北：長江南北兩岸的廣泛地區，泛指全中國。

2. 請說一說故事發生的時間順序和因果關係。

3. 你覺得這個故事的結局怎麼樣？為什麼？

4. 請把這個故事講給其他人聽，將聽者的感受記下來，填入下表。

聽者：

講述時間：

講述地點：

聽者的感受：

對故事的評價：

故事的重要元素

❓ 探究驅動

1. 你聽過哪些中國古代名人的故事？請從中選一個講給大家聽。

2. 圖文配對。請根據下面的圖像，寫出人物的名字。他們分別是哪個朝代的人？做了
   什麼事情？為什麼被後人傳頌？

講解

一般來講，人們所講述的事情，只要有首尾、有情節的都可以稱為故事。但是，一個真正的好故事必須具有四個核心要素：角色、情節、衝突、寓意。這樣的故事才能打動聽眾的心靈，引起聽者的共鳴。

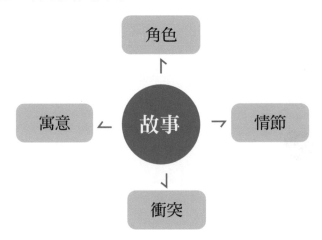

第一核心要素：角色。

角色是故事的靈魂，一個故事是否能打動人，其實就是要看這個故事主要角色的經歷是否值得關注，是否能引起人們的興趣。只有那些經歷不平常命運的角色，才能吸引讀者與他們一同品嚐甘苦，一起悲痛歡樂。令人難以忘懷的角色才能促使讀者反思深省。

第二核心要素：情節。

情節是故事的關鍵，故事必須有情節推動才能發展。一個故事是否能吸引人，就是要看這個故事的情節是否有發展變化。曲折起伏的情節，一方面為主要角色提供充分的表現機會，讓角色形象更豐滿；另一方面，為讀者提供更豐富的情感體驗，牽動讀者的喜怒哀樂，吸引讀者閱讀作品欲罷不能。

第三核心要素：衝突。

衝突是故事的焦點，沒有衝突就不成故事。衝突也被稱為戲劇衝突，在故事中表現為角色與環境的衝突、角色與其他角色的衝突、角色本身思想觀念的衝突等。衝突的產生、發展以及解決的過程，構成了故事的情節，決定了人物的性格命運，向讀者展示出故事的立意以及創作者的思想傾向。

第四核心要素：寓意。

寓意指的是包含在故事之中，卻又超越了故事本身所具有的深遠意義。任何一個故事都是有限的，但是這個有限的故事，可以被賦予深遠無限的意義。一個簡單短小的故事中，表達出了普遍深刻的哲理就是寓意。寓意給故事增添了價值，吸引讀者反覆地咀嚼思考，因此有寓意的故事才值得反覆閱讀。

👤 作者名片

謝爾‧希爾弗斯坦（1932–1999）現當代美國文學藝術家

謝爾‧希爾弗斯坦（Sheldon Alan Silverstein），多才多藝，熱衷於兒童文學的創作，是美國最受歡迎的兒童圖書作者之一。他的作品內容機智幽默，形式圖文並茂，標新立異，獨樹一幟，得到了全世界讀者廣泛的關注和喜愛。代表作有《愛心樹》《閣樓上的光》《人行道的盡頭》等。

📖 課文

愛心樹

［美］謝爾‧希爾弗斯坦

有一棵蘋果樹。有一個小男孩每天都喜歡來跟蘋果樹玩。他上樹摘蘋果吃，在樹蔭裏打盹❶，他愛這棵蘋果樹，蘋果樹也愛他。

❶ 打盹：打瞌睡。

時光過得飛快。小男孩變成了大男孩。他不再跟蘋果樹玩了。一天，男孩回到蘋果樹身旁，他看起來很難過。

「來跟我玩一會兒吧。」蘋果樹對他說。

「我不是小孩子了，我不會爬樹了，我需要玩具，我需要錢買玩具。」小男孩說。

「對不起，我沒有錢。不過你可以把我所有的蘋果摘下來拿去賣錢。」蘋果樹回答他。

小男孩打起精神來，他把所有的蘋果摘光了，然後快樂地離去。

摘了蘋果後，小男孩卻再沒有來看過蘋果樹，直到他長成一個男

人。一天，他回到蘋果樹這裏。

「來跟我玩一會兒吧。」蘋果樹對他說。

「我沒有時間玩，我要工作來養活我的家庭。我們需要一所房子安身^❷，你能幫助我嗎？」男人說。

❷ 安身：在某地居住、生活或躲避。

「對不起，我沒有房子。不過你可以砍掉我所有的樹枝拿去蓋房子。」蘋果樹回答說。

男人打起精神來，他砍掉了所有的樹枝，然後快樂地離去。

看到男人快樂，蘋果樹也非常快樂，不過男人砍了樹枝以後再也沒有來看過蘋果樹。蘋果樹又孤零零^❸了，它很傷心。

❸ 孤零零：孤獨，無依無靠。

一個炎熱的夏日，男人回到蘋果樹這裏。蘋果樹高興極了。

「來跟我玩一會兒吧。」蘋果樹對他說。

「我一天比一天年紀大，我想去航海，讓自己放鬆下來。你能給我一條船嗎？」男人問。

「用我的樹幹去做條船吧。你就可以航行到很遠的地方，你會快樂的。」

於是男人砍了樹幹做了條船，他真的去航海了，並且很長時間沒有回來。

很多年以後，男人終於回來了。

「對不起，孩子，」蘋果樹說，「我沒有什麼可以給你的了，沒有蘋果給你吃。」

「沒關係，我牙齒都掉光了，不能咬蘋果了。」男人說。

「也沒有樹幹給你爬。」蘋果樹說。

「沒關係。我太老了，爬不動樹了。」男人說。

「我真的沒有什麼可以給你，只有

我快要枯死^❹的樹根。」蘋果樹流着眼淚說。

❹ 枯死：枯萎而死。

「我並不需要什麼，只要有個地方能坐下來休息一下，經過這麼多年，我太累了。」男人回答。

「那好！老樹根是最適合歇息^❺的地方了，過來跟我坐一會兒吧。」蘋果樹高興地說，含着眼淚對男人微笑着。

❺ 歇息：休息。

🔍 相關知識

故事的情節總有一個發展的框架，這個框架就是故事的結構，結構由三大部分構成：開端、發展、結局，每一部分都有明確的任務。

- 開端：引入情景、設置懸念
- 發展：衝突錯綜、曲折離奇
- 結局：解決問題、解開懸念

一般來說，在故事開端，作者總要讓故事的角色出場，並且展示出角色強烈的主觀願望。

在故事發展階段，作者會設置懸念，突出角色身處的現實環境，突出角色與周圍的人們或者與當時的社會觀念之間出現的矛盾衝突，以及各種衝突怎樣影響了角色的人生。作者還要形象地展示給讀者，為了解決這些衝突與矛盾，為了實現自己的願望，角色做了哪些努力。

在故事結尾，矛盾衝突得到了解決，解開了故事的懸念。讀者看到了角色的命運結局，從中領悟到了故事的寓意。

✏️ 練習

1. 課文故事中有哪些角色？這些角色有怎樣的性格特點？他們之間的關係如何？

2. 故事中人物前後有變化嗎？有什麼變化？從哪些字句中可以看出來？

3. 分析一下這個故事中幾個重要元素，填入下表。想一想，如果缺少其中一個，會有怎樣的結果？

主題	角色	情節	衝突	寓意

4. 你認為《愛心樹》是一個好故事嗎？為什麼？故事有哪些成功之處？請舉例說明。

 小提示

故事的寓意

1. 蘋果樹就像我們的父母一樣。

故事中小男孩對蘋果樹的態度，正是現在許多人對待自己父母的態度。

當我們年幼的時候，我們喜歡跟爸爸媽媽一起玩。等我們長大了，我們就離開父母。只有當我們有需要或者遇到麻煩的時候才回到他們身邊。無論怎樣，父母都一直在那裏，盡一切所能提供我們所需要的一切，只為我們得到快樂。

2. 蘋果樹也可以看作是對我們有着養育之恩的所有人與物、自然與社會。

故事中小男孩對蘋果樹的態度，正是現在許多人對待他人、對待周圍世界的態度。

作者賦予這個有限的故事以深厚的意義，讓人們從小男孩的行為中，看到了普遍的、包括自己在內的人性自私醜惡的一面，令讀者深思和反省。

正是因為這個簡單短小的故事表達出了普遍深刻的哲理，使這個故事具有了價值和意義，贏得了全世界讀者的喜愛。

？ 探究驅動

採訪幾位熟悉的人，請他們講一講在成長過程中聽到的故事，完成下面的調查表。受訪者必須是不同年齡階段的人（以 10 年為一個階段）。

採訪時間	2018 年 7 月 3 日			
受訪者姓名	王小明			
和你的關係	好朋友			
年齡階段	10 歲 – 20 歲			
故事名字	精衛填海			
故事類型	神話故事			
故事影響	我感受到人類在自然面前的渺小，同時也為人類的堅強不放棄而感動。			

小提示

故事類型可以根據內容簡單分為童話故事、歷史故事、神話故事、民間故事、寓言故事、成語故事、科幻故事……

講解

「語境」是指一個具體的文本如一篇遊記散文，一篇解說詞寫作的背景、場合和具體情境。

根據語用學的原理，語言文本的內容與文字的表現形式，是和這個文本寫作的特殊目的和實際情況密切相關的。每一個具體文本，都是為了滿足受眾的期待和需求、為了達到某個特定的交流目的才創作出來的。語境的要素包括：具體的交流對象、明確的交流目的，特殊的交流場合。語境直接影響了作者使用的體裁結構形式，文字詞語的選擇，語氣語調的考量，表現技巧的運用。

在學習每一個文本時，學習者都應該從語境入手，學習一個文本是在怎樣的語境下、針對什麼受眾而創作；為了達到怎樣的目的作者採用了哪些有效的（包括語言文字的和非語言文字）的手法技巧；是否滿足了交流與溝通的目的。

每一個故事都是在某一個特定的語境中講述出來的。包括：

1. 誰在講故事？

2. 在什麼時代背景、什麼社會環境、什麼具體場合、以什麼樣的文化觀念和角度講故事？

3. 講述者採用了哪一種敘述人稱和敘述角度？

每一個故事的講述者都扮演着創作故事的角色。講述者生活的時代不同，社會環境、文化背景不同，具體的講述時間和空間環境不同，講述的人稱角度不同，講述者自己的理解不同，就會對故事進行或大或小的改編，甚至是改變了故事角色的命運遭遇，改變了故事所蘊含的深層意義。這種情況在早期口耳相傳講述民間故事的時代很常見。

每一個講述者都通過講述自己創作的故事來表達思想和情感。所有的加工改造都體現着講述者個人的風格特色。中國古代的說書人就是如此。柳敬亭是明末清初「說書人」中的佼佼者，除了他的說書技藝高超，更因為他不屈服於異族與強權統治的氣節，備受世人推崇。他的故事愛憎分明，引起聽眾的共鳴。

小提示

敘述人稱分為三種，分別為第一人稱、第二人稱和第三人稱。以第一和第三人稱最為常見。具體說來就是指，講故事時講述者以什麼身份、從什麼樣的角度來說故事。比如，第一人稱的講述者，通常是以故事的參與者、甚至可能是故事主要角色的身份來講述故事，站在這樣的角度，講述者可以告訴讀者他自己知道的內容。第三人稱的講述者則是以一個對故事瞭如指掌、無所不知的人，站在能看得清故事每一個角落的位置講故事。

課文

柳敬亭——說書的祖師爺 ❶

「說書」是我國民間的一種說故事表演藝術，也就是講故事。講述者用日常口語來演示故事情節，利用聲音的高低起伏、抑揚頓挫 ❷ 來表達喜怒哀樂的情感，打動聽眾。這種藝術盛行 ❸ 於宋代。宋代的「話本」就是說書人講故事的底本，後來發展成著名的白話短篇小說。明末清初，江南地區出了一位說書人柳敬亭，說書水平高超精妙 ❹。

柳敬亭，明代通州人，原姓曹。據說他十五歲那年，因頑皮搗蛋觸犯刑法 ❺，差點被處死刑 ❻，因此改姓為柳，人稱「柳麻子」，開始以說書為生。

柳敬亭很有說書的天分，他也非常幸運，得到了當時說書名家莫後光的指點。莫後光對柳敬亭說：「說書雖是低微的技藝，但也必須勾畫 ❼ 出故事中人物的性格情態，要熟悉各地方的風土人情，還要能像春秋 ❽ 時楚國的演員一樣，運用表演、歌唱的技巧才能達到更好的效果。」

柳敬亭回到家裏，聚精會神 ❾ 地揣摩 ❿，專心致志 ⓫ 地練習。一個月後，莫後光聽了他說書，對他的評價是：能使人歡樂喜悅，大笑不止。又一個月後，莫後光再聽他說書，對他的評價是：能使人感慨悲歎，痛哭流涕。再過了一個月，莫後光聽完了他說書，對他倍加讚揚，感歎地說：柳敬亭說書，還沒開口就已經表現出來哀傷、歡樂的感情，讓聽眾深受感染 ⓬，不能自已 ⓭。從此，柳敬亭在揚州、杭州、南京等大城市說書，聲名遠揚 ⓮。人們爭相觀看 ⓯ 他的說書表演，稱讚他說得惟妙惟肖 ⓰、精彩動聽。

❶ 祖師爺：一派學術、技藝、宗教或行業的創始人。

❷ 抑揚頓挫：（聲音）高低起伏和停頓轉折。

❸ 盛行：廣泛流行。

❹ 高超精妙：水平達到掌握自如、精緻巧妙的地步。

❺ 觸犯刑法：觸及並違犯關於犯罪和刑罰的法律規範。

❻ 被處死刑：罪犯被依法判處剝奪生命的刑罰。

❼ 勾畫：勾勒描畫。

❽ 春秋：中國歷史上的一個時代，指公元前770到前476年各諸侯國爭霸的時代。

❾ 聚精會神：集中精神，專心一意。

❿ 揣摩：反覆思考、推敲。

⓫ 專心致志：用心專一，聚精會神。

⓬ 深受感染：被語言文字或行為引起相同的思想感情。

⓭ 不能自已：不能控制自己。

⓮ 聲名遠揚：形容名氣很大，傳到很遠的地方，被很多人知曉。

⓯ 爭相觀看：爭着去看。

⓰ 惟妙惟肖：形容描繪或仿造得非常逼真。

頁邊註釋：

⑰ 知己：彼此相互瞭解、相互欣賞而關係密切的朋友。

⑱ 重操舊業：重新做以前做過的職業。

⑲ 國破家亡：國家殘破，家人離散。形容戰亂時期的悽慘景象。

⑳ 悲歡離合：指悲傷、歡樂、別離、聚合的種種遭遇。比喻人世間的聚散無常。

㉑ 當朝歷史：當前朝代發生過的事情。

㉒ 亡國之恨：為國家滅亡而感到心中不安。

㉓ 造詣：學問、技藝等所達到的程度。

㉔ 空前絕後：以前沒有過，以後也不會有。多用來形容非凡的成就或盛況。

柳敬亭和當時抗清領袖左良玉一見如故，兩人一起共商反清復明的大事，成為知己⑰好友。不久，南明朝廷覆滅，左良玉犧牲。柳敬亭走上街頭，重操舊業⑱。他把所見所聞的國破家亡⑲、悲歡離合⑳的當朝歷史㉑，用說書的形式講述出來。在他的口中，一詞一句，有時像刀槍劍戟碰撞，鏗鏘有力；有時如帶甲騎兵奔騰，橫掃千軍；時而如狂風怒號，時而似淒風苦雨，令人動魄驚心，聞之淚下，使人痛感亡國之恨㉒，喚起人們的反抗決心。

柳敬亭的說書造詣㉓達到了空前絕後㉔的境界，後人稱他為「說書的祖師爺」。

小提示

反清復明指的是中國歷史上明朝滅亡後，漢人為恢復明朝漢家天下而進行的一系列推翻清朝滿人統治的活動。

明朝末年，漢民族的統治被滿族人推翻，建立了清朝統治。清朝統治者對漢人採取了血腥殘酷的高壓統治，漢民族不堪忍受恥辱，許多遺臣名士不願臣服於清朝，寧願流亡海外隱於山林。為了推翻滿族人統治，恢復建立漢人政權，在民間進行了長時間的艱苦的反抗活動。

雖然這些活動以失敗而告終，但是人們將那些勇敢的反抗者看作是具有民族氣節的漢族英雄。顧炎武、左良玉都是當時的代表人物。他們知其不可為而為之，為了維護民族尊嚴，犧牲了個人利益，進行了艱苦卓絕的鬥爭。這些英勇悲壯的抗爭者被後人歌頌，很多可歌可泣的故事至今仍在民間廣泛流傳。

相關知識

明確故事的語境：

- 故事的講述者。在古代，故事大多是由說書人、民間藝人、說唱藝人等講述給大眾的，還有一些是經由從事傳道講經的職業宗教人士傳播開來的。在當代，每一個生活領域中都不乏講故事的高手，他們可能是廣告人員、商品銷售員、專家學者、宗教神職人員，也可能是普通百姓，成人或兒童。

- 故事的敘述人稱。敘述人稱有三種，講述者可以根據內容需要加以選用：第一人稱方便講述自己的故事；第二人稱方便分享彼此的故事和各種知識、經驗；第三人稱方便轉述他人的故事。

- 故事的背景。包括故事發生的背景和講述的背景。故事發生的時間多種多樣：過去、現在、未來；故事持續的時間跨度可長可短：一天、一生、幾年；故事發生的空間位置可大可小：一座城堡、一條街道、幾個城市、另外一個星球等。每一位故事的講述者都生活在特定的社會環境和文化背景中，其講述活動和內容受到環境背景的影響，使故事體現出不同的文化歷史觀點和社會價值觀念。

總的來說，不論在哪種語境下，講故事通常都有以下的目的和作用：

- 娛樂作用。講故事可以開拓人們的生活體驗、增長見識，角色的經歷能激發想象和聯想。

- 傳播知識文化的作用。講故事可以傳達文化和人生價值觀。

- 潛移默化的教化作用。故事內容能說明道理，改變人們固有的認知判斷與觀念。

練習

1. 請根據課文內容分析故事的語境，填寫下表。

語境（元素）	問題	答案
時間	這個故事發生在什麼時候？	
講述者	什麼人在講故事？	
講述內容	這個故事是什麼內容？ 關於誰？	
受眾	聽故事的是哪些人？	
目的	講故事的人最想告訴聽眾什麼？	
作用與效果	你覺得這個故事怎麼樣？ 你從中得到了什麼？	

2. 這個故事的講述者採用了哪一種敘述人稱？

3. 課文中的說書人在哪個時代、怎樣的社會環境和文化背景下講故事？

4. 根據課文內容，思考一下說書人為什麼要講「當朝歷史」？

5. 講故事的時代、社會和文化背景的不同，決定了講述者的態度、情感和表述方式的
   不同，講述的故事內容也會有所不同。《嫦娥奔月》《孟姜女哭長城》的故事有很多
   不同的版本，請從網上選出同一個故事的兩個不同版本，分析一下這兩個版本在語

故事講述的方法

？ 探究驅動

聆聽小提琴協奏曲《梁山伯與祝英台》，你知道這個故事嗎？説一説這首曲子講了一個什麼故事？

講解

最早的故事是用口頭講述的，叫作「説書」。在現代社會中，故事可以是口頭的，也可以是文字的；可以是圖像的，也可以是音樂的、舞蹈的。小説作者用文字講述，劇作家用戲劇講述，電影導演用銀幕講述，網絡可以更方便和靈活地講故事。同一個故事，可以用電影、電視劇、小説、遊戲、漫畫、廣告、海報等媒介來講述。

隨着傳播媒介的變化，故事的受眾越來越多，影響也越來越大。

 課文

梁山伯與祝英台

從前，有個女孩叫祝英台，她不僅長得漂亮，而且很聰明，更難得的是她非常喜歡學習。但是，那時候的女孩子哪能上學堂呢？於是，她想了個好主意——女扮男裝去杭州讀書。對她疼愛有加的父母沒辦法，只好答應她。

第二天一清早，天剛蒙蒙亮，祝英台扮成男孩子的模樣和丫環❶一起，告別父母，帶着書籍，興高采烈❷地出發去杭州了。很快，祝英台結識了一位叫梁山伯的男同學，他不僅學習優秀而且人品出眾❸，他和英台一見如故，很快就成了好朋友。兩人總是形影不離❹，相互體

知識窗

梁山伯與祝英台的故事是中國四大民間傳說之一。這個口頭傳承的悲劇愛情故事從初唐開始有最早的文獻記載，於 2006 年被列入國家級非物質文化遺產名錄。

❶ 丫環：指貼身照顧、侍候主人的女僕或婢女。

❷ 興高采烈：形容興致勃勃、情緒熱烈的樣子。

❸ 人品出眾：人的品格、儀表超出眾人。

❹ 形影不離：形容關係親密，無時無處不在一起。

貼關心，經常一起吟詩作畫⑤、觀鳥賞花。

在三年的學習中，梁山伯與祝英台建立了深厚的情誼。祝英台暗暗地喜歡着梁山伯，梁山伯也很欣賞祝英台，卻不知道她真實的女孩身份。到了畢業的時候，他們兩個人依依不捨⑥地告了別。回到各自的家後，兩人都思念着對方，朝思暮想渴望相聚。幾個月後，梁山伯前往祝家拜訪祝英台，他見到的祝英台，不再是那位女扮男裝的書生，而是一位年輕美麗的大姑娘。兩個人相互傾訴了愛意，彼此傾心相許，心心相印⑦，山盟海誓。

沒想到，就在梁山伯離開不久，祝英台的父母就把女兒許配給了馬家的有錢少爺馬公子。祝英台知道後，跟父母進行了激烈的抗爭，說什麼也不願意跟馬公子結婚。但是，在那個年代，父母安排的婚姻，兒女是沒有權利反對的，尤其是女孩子，根本無法表達自己的意願，只能被迫接受。祝英台非常悲痛，一想到梁山伯更是傷心欲絕⑧。

⑧ 傷心欲絕：指極度悲
哀、萬分傷心的樣
子。形容悲傷到了極
點。欲，將近、快要。

⑨ 提親：男家或女家向對
方提議結親，也説「提
親事」。

梁山伯回到家後馬上就請人到祝家去提親⑨。當他得知祝英台已經被許配⑩給馬家的時候，傷心極了。他非常想念祝英台，飯也吃不下，覺也睡不着。沒幾天就病倒了，病情越來越嚴重，不久就去世了。臨死之前，他告訴家裏的人，在他死後要把他埋在從祝家通往馬家去的路邊。

聽到梁山伯去世的消息，一直堅持抗婚的祝英台突然變得異常鎮定⑪。到了結婚那天，她套上紅衣紅裙，走進了迎親的花轎。迎親的隊伍一路敲鑼打鼓，好不熱鬧！路過梁山伯的墳前時，忽然狂風大作，吹得抬轎人走不動，不得不停下來。丫環告訴祝英台，面前就是梁

山伯的墳墓。祝英台不顧別人的阻攔，走出轎來，來到了梁山伯的墓前。祝英台呼喚梁兄，生死相隔無人應答，她悲痛萬分^⑫放聲大哭，撲倒在墳上。頃刻之間，電閃雷鳴，風雨大作，墳墓忽然裂開一條大縫，祝英台似乎看到了梁山伯親切熟悉的面龐，她縱身一躍，朝向自己的愛人微笑着跳了進去。只聽到一聲巨響，裂開的墳墓一下子合上了。

⑫ 悲痛萬分：十分悲傷、心痛。

眾人驚呆了，只見空中陰雨消散，雲白天藍；一道彩虹跨越天際，明艷耀眼；一對美麗的蝴蝶從墳頭飛出來，盤旋着、追逐着，在陽光下自由地翩翩起舞^⑬。

⑬ 翩翩起舞：輕盈愉快地跳起舞來。

相親相愛的梁山伯與祝英台，幻化成一對形影不離的蝴蝶。一個美麗動人的愛情故事，從此流傳開來。

🔍 相關知識

《梁山伯與祝英台》這個口頭傳承的民間故事，在中國家喻戶曉，老少皆知。不同時代的中國人，採用了不同的方式講述這個故事。這個故事成為了詩文、小說、漫畫、戲曲、音樂劇、舞台劇、舞蹈、電影、電視劇、動畫片、音樂等各種藝術形式的表演內容。

一般來說，能夠廣為流傳成為經典故事需要具備以下幾個特點：

1. 一定是關於人的故事，就算故事的角色是動物或植物，故事的寓意也一定是關於人、人的生命和人的精神的，與人的生活密切相關。

2. 故事的角色有明確的人生目標和期望。為了實現自己的理想，面對各種難題、阻礙、折磨而努力和拚搏，最後改變了人生，實現了理想。

3. 故事蘊含深刻的主題寓意。主題寓意會對聽眾產生深遠的影響。

1. 這個故事的時代背景是什麼？

2. 這個故事有哪些人物角色？這些人物為了實現自己的理想和目標，做出了哪些努力、拚搏、掙扎？結局如何？

3. 故事的主題寓意是什麼？

4. 你從這個故事中得到了什麼？

5. 聆聽歌曲《化蝶》，説一説用歌曲的形式講述這個故事的效果如何？你喜歡嗎？為什麼？

6. 小組比賽活動。以小組為單位，查找《梁山伯與祝英台》的故事有哪些不同的表現形式和版本？用 PPT 簡報的方式在課堂展示。

第二課　故事有哪些種類？

2.1　民間傳說故事

？　探究驅動

1. 你知道中國四大民間傳說故事嗎？請為下面的圖畫連線選出正確的標題。

| 梁山伯與祝英台 | 白蛇傳 | 孟姜女哭長城 | 牛郎織女 |

2. 説説你對這幾個民間傳説故事的熟悉和喜歡的程度。

我已經知道	我想要知道	我聽說過但不熟悉	我非常喜歡	我不喜歡

📖　講解

　　民間傳說是一種富於想象性的敘事文學，多指民間百姓創作、虛構出來的口頭文學作品，由大眾以口耳相傳的方式一代延續一代地進行傳播。民間傳說的內容基於現實而又超越現實，所描述的人物、事件、時間、地點等並不與事實完全吻合，在故事中添加了創作者的情感、理想等主觀感悟和藝術想象的成分。在長期傳播的過程中，不斷加入了許多創作者的誇張、渲染、大膽虛構，充滿了想象、幻想、超現時（實）的浪漫傳奇色彩，可謂越傳越離奇，真假難辨，神秘莫測。比如，梁山伯和祝英台可以化成蝴蝶就是一例。

　　民間故事指的是流傳於社會大眾已久的故事，和民間傳說最大的不同在於更加貼近生活的真實，不具備神鬼傳奇的特色。如，唐代皇帝李世民的故事、宋代名妓李師師的故事。內容可以有所誇張和渲染，但是沒有神鬼變幻的傳奇特色。

在組織結構上，民間傳說有較大的靈活性，情節的繁簡取決於題材內容；民間故事一般都有固定程式和組織方式，同類故事會反覆使用傳統母題和模式。

在講述方式上，民間傳說沒有特殊的表述方法，講述者不受敘述形式的規定，講述時圍繞傳說中心點可以發揮自己的創造力；民間故事的講述者有一套固定的語言和順序，受一定敘述形式的限制，基本上不改變。

知識窗

母題，是一個文學術語，用來指一種觀念或主題，如英雄母題、神話母題等。參看《IBDP 中文 A 課程文學術語手冊》第 19 條。

作品檔案

牛郎織女的故事是中國民間傳說的經典作品。農曆七月初七，即「七夕」，這個中國傳統節日便是從牛郎織女的愛情故事中來的，這一天被稱為「中國的情人節」。

課文

牛郎織女

很久很久以前，有個孤兒跟着哥哥嫂子過日子。哥哥嫂子待他很不好，叫他吃剩飯，穿破衣裳，每天天不亮，就趕他上山放牛。他沒有名字，大家都叫他「牛郎」。

牛郎將家裏的那頭老牛照看得很周到。每天放牛，他總是挑最好的草地，讓牠吃又肥又嫩的青草；老牛渴了，他就牽着牠到小溪的上游，去喝最乾淨的溪水。那頭老牛跟他也很親密，常常用溫和[1]的眼光看着他，有時候還伸出舌頭舔舔他的手呢。

一天晚上，牛郎走進牛棚，忽然聽到一聲「牛郎！」

[1] 溫和：（性情、態度、言語等）溫柔平和，使人感到親切。

115

② 輕盈：輕鬆愉快。
③ 循着：按照 …… 的方向。
④ 嬉戲：遊戲玩耍。

⑤ 耕種：種田，做農活。
⑥ 紡織：織布。
⑦ 辛勤：辛苦勤勞。
⑧ 美滿：美好圓滿。

⑨ 暴跳如雷：蹦跳發怒，像打雷一樣猛烈，形容又急又怒。

⑩ 拽：用力拉。
⑪ 心急如焚：心裏急得像火燒一樣。

是誰叫他呢？回頭一看，微弱的星光下面，原來是老牛在講話。老牛說：「明天黃昏的時候，你翻過右邊那座山，山那邊有一個湖，湖邊有一片樹林。在樹林裏，你會遇到一位美麗的姑娘。你要想成家立業，可別錯過了這個機會呀！」

第二天黃昏，牛郎翻過右邊那座山，來到湖邊的樹林裏。忽然，遠處傳來輕盈②的歡笑聲，牛郎循着③笑聲望去，只見湖邊有幾個姑娘正在嬉戲④。過了一會兒，其中的一個離開夥伴，向樹林走來。這姑娘是誰呢？原來她是王母娘娘的外孫女，織得一手好彩錦，名字叫「織女」。每天早晨和傍晚，王母娘娘拿她織的彩錦裝飾天空，那就是燦爛的雲霞。這天下午，王母娘娘多喝了幾杯美酒，靠在寶座上睡着了。織女和眾仙女便溜出了天宮，一起飛到了人間玩耍。

牛郎和織女在樹林裏相識了。交談中，牛郎明白了織女的身份，織女也知道了牛郎的遭遇。織女見牛郎心眼兒好，又能吃苦，便決心留在人間，做牛郎的妻子。

從此，牛郎在地裏耕種⑤，織女在家裏紡織⑥。兩個人辛勤⑦勞動，日子過得挺美滿⑧。轉眼間三個年頭過去了，他們有了一兒一女。

一天，牛郎去餵牛，那頭老牛又講話了，眼眶裏滿是淚花。牠說：「我不能幫你們下地幹活了，咱們快分開了。我死了以後，你把我的皮剝下來留着，碰到緊急的事，就披上我的皮 …… 」老牛話沒說完就死了。

再說天上，王母娘娘得知織女下嫁人間，氣得暴跳如雷⑨，發誓要把織女抓回天庭，嚴厲懲罰。

一天，王母娘娘趁牛郎到地裏幹活，帶領天兵天將闖進牛郎家裏來抓織女。兩個孩子跑過來，死死地抓住媽媽的衣裳，王母娘娘狠狠一推，兩個孩子跌倒在地。王母娘娘拽⑩着織女，一齊飛向天宮。織女一邊掙扎，一邊望着兩個孩子大聲喊：「快去找爸爸！」

牛郎得知織女被王母娘娘抓走，心急如焚⑪。可是怎麼上天搭救

呢？忽然，他想起老牛臨死前說的話，便趕緊找出牛皮，披在身上，然後將一兒一女放在兩隻竹筐裏，挑起來就往外跑。一出屋門，他就飛了起來。他越飛越快，眼看就要追上織女了，哪知王母娘娘拔下頭上的玉簪❶在背後的空中一劃，霎時❸，牛郎的面前出現一條天河。天河很寬，波濤洶湧❹，牛郎飛不過去了。

從此以後，牛郎在天河的這邊，織女在天河的那邊，兩人只能隔河相望❺。日子久了，他們就成了天河兩邊的牽牛星和織女星。

每年農曆七月初七的夜晚，一群群喜鵲飛來，在天河上搭起一座「鵲橋」，讓牛郎織女在橋上相會。每逢這一天，喜鵲也似乎少了許多，據說牠們都到天河那兒搭橋去了。

❶ 玉簪：玉製的簪子。
❸ 霎時：一瞬間，形容極短的時間。
❹ 波濤洶湧：水勢奔騰翻湧。
❺ 隔河相望：在河水的兩岸看着對方。

🔍 相關知識

欣賞民間傳說，就要欣賞民族文化精神與審美特色。中國著名的四大民間傳說 ——《牛郎織女》《孟姜女哭長城》《梁山伯與祝英台》《白蛇傳》，反映了當時的社會現實，體現了特定的歷史特徵、時代精神，表現了中華民族獨特的價值觀、文化傳統和審美觀念，展示出中國百姓的生活態度、人生願望和理想追求。

四大民間傳說是中國古代社會的產物。故事人物的苦難經歷，是當時百姓生活的真實寫照。如果據實來寫，四大民間傳說都是悲劇結局。但是民間傳說源於生活卻不等於生活，中華民族歷來堅守「善有善報，惡有惡報」「正義必然戰勝邪惡」的信念，要讓經歷了苦難的人們有個團圓美滿的結局。基於這樣的審美觀念，創作者們用豐富的想象、浪漫主義的表現手法給悲劇故事加上了一個符合人們理想願望的大團圓結局。

四大民間傳說的結局分別是：

（1）《牛郎織女》——鵲橋相會。傳說本來的結局是牛郎和織女被王母拆散、銀河相隔。這樣悲慘的結局不能滿足百姓的願望和情感，所以增加了鵲橋相會的情節。這個結局以豐富的想象讓故事變得神奇瑰麗，給作品增添了浪漫色彩。

（2）《孟姜女哭長城》——哭倒長城。故事本來的結局是丈夫屍埋城下，妻子殉情而死。這樣的結局太過壓抑悲傷，不符合百姓的審美習慣，所以虛構出長城崩塌的結局。長

城是暴政強權的象徵，它的倒塌顯示出百姓抗爭的勝利，從而宣洩了百姓心頭的悲憤情感。

（3）《梁山伯與祝英台》——化蝶相伴。梁祝的愛情在當時的現實社會中只能以悲劇收場，但這樣的悲劇悽慘哀傷，不能滿足百姓對美好愛情的嚮往和頌揚，所以幻化出靈魂不死、化蝶轉生、雙雙比翼齊飛的美麗結局，表達了百姓認為美好的愛情一定會圓滿永恒的善良信念。

（4）《白蛇傳》——法海變蟹。《白蛇傳》的結局本是白娘子被鎮壓在塔下，夫妻離散、母子分別。但傳說卻讓許仙的兒子和小青打敗法海，救出白娘子。法海無處躲避只得藏在蟹殼裏，被人嘲笑和作賤。這樣的結局，體現了百姓「善有善報，惡有惡報」的人生信仰，表現出百姓懲惡揚善的鬥爭精神，也為作品增添了一種幽默感。

　　四大民間傳說的結局，都是創作者用人的主觀想象戰勝嚴酷的現實，實現百姓願望的產物。大團圓的結局體現了民間傳說具有的傳奇性和幻想色彩，是浪漫主義傑作。作品表現了中國人尊老愛幼、安貧樂道、抗爭強權和反對金錢門第束縛的價值觀念，讚頌了自由美好的愛情，傳遞了中國人堅信邪不壓正、人生永不絕望的積極態度。從這個意義上來看，這樣的大團圓結局給了中華民族生活的希望和信心，具有很高的欣賞價值。

📖 練習

1. 請根據課文內容，分析故事的核心要素，填寫下表。

角色	主要角色：
	次要角色：
情節結構	開頭：
	發展：
	高潮：
	結尾：
衝突	難題：
	轉折點：
	解決：
寓意	

2. 以下幾組角色各有怎樣的性格特點？請舉出作品中的例子進行說明。

牛郎／織女	老牛	哥哥／嫂子	王母娘娘

3. 請思考一下為什麼要設計王母娘娘這個人物？

4. 你喜歡這個故事的結局嗎？為什麼？

5. 你覺得這個故事的結局與民間傳說的文體特點有什麼關係？

6. 有人說，每年農曆七月初七的晚上，要是在葡萄架下就能聽到牛郎和織女在鵲橋上親密地說話。想象一下，在談到下面的話題時，牛郎織女會說些什麼？

見面打招呼：

關於兒女：

談起老牛：

談起王母：

未來生活：

中國神話故事

? 探究驅動

夸父逐日

八仙過海

女媧補天

大禹治水

嫦娥奔月

1. 看圖講故事：根據圖畫，選一個講出故事大意。

2. 查找相關資料，講講故事的出處、寓意以及對後世的影響。

📖 講解

神話是關於神仙或神化了的古代英雄的故事，是古代人民對自然現象和社會生活的一種天真解釋和美麗嚮往。神話的創作基礎是現實的，創作方法是浪漫的。

為什麼要學習神話？

因為神話是人類文化的源頭，每一個民族都有自己的神話。要想瞭解一個民族，理解其文化現象，神話不可不學。古老的神話故事，凝聚了人們的經驗和思想，聚合了各種文化現象，奠定了不同民族的人文精神和性格特徵。

探索人類的起源、歌頌人民的英雄、追求美好的生活等是神話故事的精髓所在。從神話故事中，我們可以瞭解先民的思維方式和思想觀念，可以尋找出語言原型、文學母題的源頭，還可以感受民族精神等。比如，在神話故事《女媧造人》中，我們看到古人對人類產生的猜測與幻想；在《大禹治水》中，我們看到古人讚美戰勝困難造福人民的英雄。古代神話的歷史悠久、內容豐富，我們要想把握人類文化的「源」和「流」、傳承民族的文化思想，就必須學習神話。

除了故事內容之外，在創作的藝術手法、主題的表現形式、語言文字的使用等多方面，古代神話對後世都產生了深遠影響，是我們學習的範本。

📧 作品檔案

《精衛填海》這個故事出自中國先秦古籍——《山海經》一書。現存最早的《山海經》版本是經過西漢劉向、劉歆父子校刊而成的。該書記述了很多古代神話、地理、動植物、宗教、醫藥等方面的內容，書中有很多光怪陸離的民間傳說和神話。

📖 課文

精衛填海

又北❶二百里，曰❷發鳩之山❸，其上多柘木❹，有鳥焉，其狀❺如烏❻，文首❼，白喙❽，赤❾足，名曰：「精衛」，其鳴自詨❿。

❶ 北：向北方。

❷ 曰：叫作。

❸ 發鳩之山：古代傳說中的山名。發鳩山舊說在山西境內。

❹ 柘木：柘樹，桑樹的一種，木質堅硬，葉可餵蠶。

❺ 狀：形狀。

❻ 烏：烏鴉。

❼ 文首：頭上有花紋。文，同「紋」，花紋。

❽ 喙：鳥嘴。

❾ 赤：紅色。

❿ 其鳴自詨：牠的叫聲是在呼喚自己的名字。詨，呼叫，讀 xiào。

⑪ 是：這。
⑫ 少女：小女兒。
⑬ 溺：淹沒在水裏。
⑭ 故：所以。
⑮ 堙：填塞，讀 yīn。

是⑪炎帝之少女⑫，名曰女娃。女娃游於東海，溺⑬而不返，故⑭為精衛，常銜西山之木石，以堙⑮於東海。漳水出焉，東流注於河。

（註：譯文請見電子資源庫）

🔍 相關知識

欣賞神話時可以從以下幾個方面入手。

1. 瞭解神話的主人公。

神話中的人物不是歷史上、生活中真實存在過的「真人」，而是幻想和虛構出來的「神人」。這一點與民間傳說、民間故事中的人物不同。他們可以是各種動植物人格化或者各種社會力量神格化的產物，是具有超人和超自然力量的神，比如頂天立地的盤古、造人補天的女媧等。

炎帝、黃帝、顓頊、堯、舜、鯀、禹等都曾是神話的主角。後來，有一些神話人物演變成為民間傳說和故事的主角，他們的事跡一直流傳至今。

在閱讀學習時，可以列出故事中所有主要人物，並對這些人物進行分析。儘可能多收集一些背景知識，有助於欣賞神話人物的性格特徵、精神氣質，以及瞭解故事背後蘊含的深刻社會和歷史文化意涵。

2. 分析神話故事的情節特色。

神話的情節神奇荒誕，充滿了幻想和想象的浪漫色彩。神話的主要角色是神人，所以他們可以上天入地，變化萬千，神通廣大，所作所為是超人的。例如《西遊記》中的孫悟空和豬八戒。

閱讀學習時，要對具體情節進行分析，注意作品中有關的歷史事件、地方風物，賞析精彩的敘述與描寫，感受作品的奇異特色和浪漫風格。培養自己的想象力，提高文學感受力。

3. 探索神話的文化精神與情感觀念。

神話反映了遠古人對世界起源、自然現象、文化現象及社會生活的原始性理解，它是人類早期集體口頭創作的藝術作品。

神話中充滿神奇的幻想，它展示了人類祖先對自然的鬥爭、對理想的追求、對是非正義的判斷。所以從神話故事中，我們可以看到被肯定和讚揚的人事，也能看到被諷刺和批判的人事，這樣的故事本身就融合了一個民族、一種觀念下特定的文化精神與情感觀念。許多神話提倡和讚揚為了造福他人而犧牲自我的英雄行為和忘我精神，如逐日的夸父、填海的精衛，他們為了他人而犧牲自我的英勇行為和悲壯結局，傳遞了本民族的文化精神與道德價值觀念，成為鼓勵後人行為處事的榜樣。

閱讀學習時，要透過文字和故事表面的意思，思考和探討蘊含其中的深刻含義。通過神話的學習，瞭解自己民族的文化精神、道德情操，瞭解這一切形成的歷史淵源，提高自己對民族文化的認識，增強民族認同感。

練習

1. 從故事中選出三個你不懂的詞語，與同學討論，試着寫出詞語的意思。

2. 這個神話故事的主要情節是什麼？請用六要素加以概括。

3. 你怎樣看待主人公的行為？你從主人公身上受到了什麼啟發？

4. 你覺得這個故事哪些部分是虛構的？哪些部分給你奇幻的感覺？為什麼？

5. 你認為這個神話故事表達了怎樣的情緒？它讓你感到悲傷還是快樂？為什麼？

6. 你喜歡這個故事的結局嗎？如果讓你寫這個故事，你會怎樣改寫？請試試看。

7. 閱讀故事，先用自己的話講給同學聽，然後整理記錄下來。

8. 你還知道哪些中國和西方的神話故事？你覺得中國和西方的神話故事有什麼相同與不同？請舉例說明。

2.3　中國成語故事

❓ 探究驅動

1. 小組遊戲，比賽説故事。看右面的成語，組員要完整講説成語意思為故事，然後將講説過的成語連成一條直線，最快完成的一組為獲勝方。

濫竽充數	畫蛇添足	守株待兔
買櫝還珠	自相矛盾	亡羊補牢
刻舟求劍	杯弓蛇影	掩耳盜鈴

2. 為上面九個成語配圖。

成語是約定俗成的、意義完整的定型詞組或短句。成語大多由四個字組成，如「空中樓閣」「鼎鼎大名」「有聲有色」「歡天喜地」等；也有兩個字的，如「矛盾」；還有五個字的，如「依樣畫葫蘆」；「四海之內皆兄弟也」，是八個字的；「只許州官放火，不許百姓點燈」，是十二個字的成語。

　　成語是故事的總結，每個成語背後都有故事。成語故事中很大的一部分是歷史典故，如「完璧歸趙」「負荊請罪」就是發生在戰國時期的事件。這些事件對當時社會和人民生活都產生過重要的影響，對後人很有啟發和教益。後來，人們將這些歷史事件概括總結，濃縮為成語。成語在記錄事件發生的背景和過程的基礎上，被賦予了特殊的比喻、引申意義，被廣泛流傳和應用。

　　此外，有些成語雖然也有故事來歷，但是人們在使用時更側重成語描述和形容的作用，即語言的表現力，並不重在成語的比喻或引申意義。如「百步穿楊」「沉魚落雁」等。

　　總的來說，成語言簡意賅，內涵豐富，深刻雋永。

作家名片

司馬遷（公元前 145 – 公元前 87）西漢著名文史學家

　　司馬遷，字字長，山西河津人。西漢時期著名的史學家、文學家。擔任史官，以修撰史書為使命，開創了紀傳體記史方法，秉筆直書，隱惡揚善，使《史記》成為中國史書的典範。代表作有《史記》《報任少卿書》。

作品檔案

　　「完璧歸趙」和「負荊請罪」出自司馬遷的《史記·廉頗藺相如列傳》。

　　《史記》是由西漢太史令（又稱太史公）司馬遷編寫的歷史書籍，又稱為《太史公書》，記載了自黃帝至漢武帝太初年間三千多年的歷史。魯迅讚譽《史記》為「史家之絕唱，無韻之離騷」，突出強調了《史記》不僅史學造詣影響深遠，文學價值更為突出顯著。

完璧歸趙與負荊請罪

兩千多年前中國尚未統一，北方有很多國家，大國總想欺負[1]小國，甚至霸佔[2]它們，戰火連年不斷。

一次，趙國得到了一塊珍貴的美玉，國人非常喜愛，把它當成國寶[3]。秦國知道了，就很想把這塊玉搶去。秦王對趙王說，秦國願意用十五座城池來換這塊美玉。趙王知道秦王不講信用，恐怕受騙上當[4]，不願意交換。可是秦國是個大國，如果貿然拒絕[5]，很可能會給秦國一個侵略[6]趙國的借口，發動戰爭。秦強趙弱，一旦開戰，趙國百姓必然遭殃。怎麼辦呢？趙國舉國上下[7]人心惶惶[8]。

趙國的藺[9]相如是個有膽有識[10]的人，眼看國家遇到危難，他挺身而出[11]，決定作為外交使者出訪秦國解救趙國。不出所料[12]，他發現秦國根本沒有誠意給趙國十五座城池，只是想騙取美玉而已。於是藺相如憑[13]他的機智[14]和本領想出了好辦法，不但沒有讓秦國找到攻擊趙國的借口，而且還成功地把美玉帶回了趙國。趙國的皇帝和老百姓非常高興，大家感激藺相如在外交上取得了重大勝利，為國民贏得了和平。因為對趙國有傑出的貢獻[15]，皇帝封給藺相如一個很大的官。

藺相如

❶ 欺負：用傲慢的態度或蠻橫無理的手段侵犯、壓迫或侮辱弱者。

❷ 霸佔：強行佔有。

❸ 國寶：國家的寶物。

❹ 受騙上當：吃虧，被人欺騙。

❺ 貿然拒絕：輕率地表示不願意去做某件事情。

❻ 侵略：侵犯掠奪，通常指一國侵犯破壞另一國的主權、領土完整及政治獨立。

❼ 舉國上下：指全國上上下下的人。

❽ 人心惶惶：形容人心動搖、驚恐不安的樣子。

❾ 藺：讀 Lìn。

❿ 有膽有識：有膽量，有見識，形容勇敢的人。

⓫ 挺身而出：遇到危難時，勇敢地站出來，擔當大任。

⓬ 不出所料：事情的結果與預料相合。

⓭ 憑：依據。

⓮ 機智：聰明靈活，能隨機應變。

⓯ 貢獻：對國家、社會和群眾所做的有益的事情。

⑯ 廉頗：讀 Lián Pō。
⑰ 異常：不同尋常。
⑱ 戰功：戰鬥中建立的功績。
⑲ 服氣：由衷地信服。
⑳ 資格：為獲得某一特殊權利而必須具備的先決條件。
㉑ 侮辱：欺侮羞辱，使蒙受恥辱。

趙國有個名將叫廉頗⑯，他打仗勇敢異常⑰，立過很多戰功⑱，趙國人非常尊敬他。他看到藺相如不是靠打仗而只是靠口才就當上了大官，覺得很不服氣⑲。他認為只有打仗勝利才算得上勇敢，才有資格⑳當英雄和大官，所以看不起藺相如。他說：「我如果見到了藺相如，一定要當面侮辱㉑他，讓他知道誰才是真正勇敢的人。」

信平君・廉頗

聽到了這個消息，藺相如就有意地躲着廉頗，藺相如的朋友和僕人都覺得很奇怪。他們問藺相如：「您是位非常勇敢的人，您為什麼要怕廉頗呢？」藺相如說：「你們覺得秦王厲害還是廉頗厲害？」大家說：「當然是秦王厲害。」藺相如說：「我連秦王都不怕，難道我會怕廉頗麼？」大家又問：「你不怕他，為什麼要躲着他呢？」藺相如回答說：「你們知道秦國為什麼不敢侵略我們嗎？就是因為我們趙國有廉頗這樣勇敢的武將和我這樣的文官。如果我們團結㉒得很好，國家就會安全。如果我和廉頗不團結，國家就會出問題，秦國就會趁機㉓來侵略我國。我們當官的人應該首先考慮國家的利益，而不是考慮自己的面子。我雖然不怕廉頗，可是我尊敬他，我不願意因為自己的利益而傷害國家利益。」

㉒ 團結：和睦、友好或聯合起來以完成共同的目標。
㉓ 趁機：趁着機會。

廉頗聽說了藺相如的話，深感慚愧。他欽佩㉔藺相如的見識與氣度。於是，廉頗找到了一根用荊條㉕做成的鞭子㉖，背在自己背上親自去向藺相如認錯，請求藺相如懲罰他。藺相如當然不會這樣做，他們從此成了最好的朋友。趙國因此也更安全了。

㉔ 欽佩：敬重佩服。
㉕ 荊條：荊木的枝條。可以編製筐籃等器具，古代也用為刑具。
㉖ 鞭子：驅趕牲畜或打人的用具。

從此，「完璧歸趙」與「負荊請罪」這兩個成語故事就流傳開來了。

相關知識

　　成語是中國人智慧的結晶，集中體現了中國人的哲學、價值、文化和審美觀念。學習成語故事，首先要理解成語約定俗成的含義。中國的成語，幾乎涵蓋了人們生活的各個方面，承載了豐富的文化信息，蘊含了中國的悠久歷史。想要準確理解成語，就要瞭解相關的歷史文化等背景知識。

　　成語是世界上最具創意的語言文字結構。成語中包含了豐富的語言知識，成語故事具有相對固定的搭配和習慣的表達方法，寫作中使用成語，可以達到語言精練、言簡意賅、朗朗上口的作用。學好成語，需要具備一些文言知識，瞭解文言結構和句法功能等。

　　中國的成語故事，在長期使用的過程中被賦予了特殊的比喻義、引申義等意義。每一個成語故事都具有濃厚的感情色彩，只有準確地理解它們，才能夠準確地應用。

　　通過學習成語故事，增加對歷史知識的瞭解，明白中華民族特有的人生智慧和生活經驗，懂得故事中涵蓋的人生道理，從而積累語言知識，掌握語言表達技巧，提高運用語言文字的能力。

練習

1. 請找出課文故事的六要素，概括一下這個故事的內容。

2. 這個故事告訴了你什麼？你從故事中明白了什麼道理？

3. 「完璧歸趙」和「負荊請罪」的字面意思分別是什麼？這兩個成語的比喻義和引申義分別是什麼？

4. 你掌握這兩個成語的用法了嗎？請說說成語中蘊含的道理和意義。

5. 下面幾個成語都出自司馬遷的《史記》，請查找資料解釋成語的意思，講一講每個成語的故事。

圍魏救趙

毛遂自薦

紙上談兵

夜郎自大

6. 根據成語意思，將完整的成語填在【　　】內。

（1）返＿＿歸＿＿：回到原始時代的淳樸天真。　　　　　　　【　　　　　】

（2）囫＿＿＿＿棗：含糊處事不仔細。　　　　　　　　　　　【　　　　　】

（3）咄咄＿＿＿＿：逼人太甚。　　　　　　　　　　　　　　　【　　　　　】

（4）壯士＿＿腕：下定決心，當機立斷。　　　　　　　　　　【　　　　　】

（5）忍＿＿負＿＿：為了顧全大局，不避勞怨，擔負重任。　　【　　　　　】

（6）枕＿＿待＿＿：心存報國，不敢安眠。　　　　　　　　　【　　　　　】

7. 解釋下面的成語，並用成語造句。

（1）虛張聲勢

（2）心花怒放

（3）舉手之勞

（4）栩栩如生

（5）有目共睹

（6）瞞天過海

（7）光明磊落

（8）相提並論

（9）歎為觀止

（10）馬不停蹄

8. 探究討論。

（1）生活在今天的人們，為什麼要學習成語故事？

（2）成語在口頭表達和書面寫作中有什麼作用？請談談你的看法。

中國寓言故事

? 探究驅動

兩人一組，從下面的列表中選擇一個寓言查找相關資料，製作一份圖文並茂的 PPT 簡報在班級交流。PPT 要包括完整的寓言故事，並說出故事背後的寓意。

1. 《愚公移山》　　　　2. 《南轅北轍》
3. 《亡羊補牢》　　　　4. 《畫蛇添足》
5. 《井底之蛙》　　　　6. 《掩耳盜鈴》
7. 《刻舟求劍》　　　　8. 《拔苗助長》
9. 《杞人憂天》　　　　10. 《東施效顰》

📖 講解

寓言是一種文學體裁。「寓」有「寄託」的意思，寓言就是用假託的故事或擬人的手法來說明深刻的道理，多充滿智慧哲理，常帶有諷刺、勸誡或教育的性質。

中國古代寓言起源於民間口頭創作。春秋戰國時期，許多思想家和遊說之士，為宣傳自己的主張奔走各國。為了成功遊說諸侯，在他們的著作或言談中出現了許多精彩的寓言故事，說理生動、通俗易懂。韓非子是當時最傑出的寓言作家。《韓非子》中有很多精彩的寓言故事，如《濫竽充數》《自相矛盾》等均為大家所熟悉。中國古代寓言先後經歷了先秦的說理寓言、兩漢的勸誡寓言、魏晉南北朝的嘲諷寓言、唐宋的諷刺寓言和明清的詼諧寓言等階段。

成語故事和寓言的區別

成語故事記載歷史典故，一般都有真實的依據。

寓言故事可以虛構編造，主要是為了講述道理。

有些成語故事闡述了道理，寓意深刻，予人啟迪，可以看作是寓言故事；有些則不是，《刻舟求劍》就是一例。

寓言故事一般有以下三個特點

1. 故事情節虛構。

寓言故事是用假託的故事寄寓意味深長的道理，是為了講述一個道理而編的故事，並不一定有真實的根據。寓言的主角可以是人，也可以是非人，如人格化了的動物、植物、自然界的其他東西或現象。

2. 篇幅短小凝練。

寓言故事一般篇幅短小，語言凝練，結構簡單卻極富表現力。

3. 諷刺強烈鮮明。

寓言故事想象豐富，常用擬人、比喻、誇張、象徵等表現手法，巧妙地說明某個道理或教訓。寓言故事針對某種社會現象、人物、事件等或有所諷刺，或提供某種教訓，或進行善意的箴誡，使人在笑聲中受到深刻的道德教育。

作家名片

韓非子（公元前 280 – 公元前 233）法家學說創始人

韓非子，即韓非，戰國時期傑出的思想家、哲學家，是儒家代表人物之一荀子的得意門生。韓非成為法家思想的集大成者，其思想得到廣泛傳播。代表作有《韓非子》。

作品檔案

《韓非子》是先秦時期法家代表人物韓非子的論著。全書分為 55 篇，是法家思想的集大成作品。書中有很寓言故事，言簡意明，短小精悍，卻寓意深遠。這樣的「故事方式」對於當時法家思想的傳播，起到了關鍵的作用。

守株待兔

宋國有一個農夫，每天在田地裏勞動。

有一天，他正在地裏幹活，突然一隻野兔從草叢中竄出來。野兔見到人，受了驚嚇[1]，拚命地奔跑，不料一下子撞到農夫地頭的一截樹椿子[2]上，折斷[3]脖子死了。農夫放下手中的農活，走過去撿起死兔子。他喜出望外[4]，慶幸自己的好運氣。晚上回到家，農夫把死兔交給妻子。妻子做了香噴噴的兔肉，兩口子有說有笑，美美地吃了一頓。

第二天，農夫照舊[5]到地裏幹活，可是他再不像以往那麼專心了。他幹一會兒就朝草叢裏瞄[6]一瞄、聽一聽，希望再有一隻兔子竄出來撞在樹椿上。可是，等到天黑，連兔子的影子也沒有見到，他只好很不甘心地回家了。

第三天，農夫來到地邊，已完全無心鋤地。他把農具放在一邊，自己則坐在樹椿旁邊的田埂[7]上，專門等待野兔子竄出來，白白地等了一天。

一天又一天，農夫就這樣守着樹椿，等着兔子。漸漸地，地裏的野草越長越高，淹沒了莊稼。

① 驚嚇：因受到意外的刺激而害怕。

② 樹椿子：樹木被鋸去樹幹後所剩的根部的一段。椿，讀 zhuāng。

③ 折斷：因受力過大或過分彎曲而斷裂。

④ 喜出望外：因為遇上出乎意料的好事而感到特別高興。

⑤ 照舊：跟原來一樣。

⑥ 瞄：把視力集中在一點上，注意看。

⑦ 田埂：農田間的土埂。用以劃分田界與蓄水。

相關知識

《守株待兔》出自《韓非子·五蠹》，寓意是把一次偶然事件當作必然現象是愚蠢的。寓言以宋人的故事，對人們不想付出努力只想有所獲得的僥倖心理進行諷刺批判。這個故事也被後人引申來批判一些死守一己之見，不做分析思考、不善變通的人。

解讀寓言故事，可以從以下幾個方面入手。

首先要理解故事。寓言用一個有趣的故事來寄託某種深刻的道理。故事是外殼，道理是內核，精彩的故事是寓言成功的開始。然後要探尋故事的寓意。寓意是寓言的靈魂，在分析故事的內容和形象的基礎上，需要做到：

1. 從多種角度思考理解寓意。

有的寓言內容簡單，寓意單一；有的寓言內容豐富，從不同的角度去思考會有不同的理解。要善於透過表面故事去探尋其中蘊涵的深層道理。如《東施效顰》故事的寓意並未直接體現在文字中，但是讀者可以從自己的角度進行理解。

2. 聯繫自己的生活經歷解讀寓意。

優秀寓言的寓意，要通過讀者的閱讀體驗和理解才逐漸明確深入。如《南轅北轍》的故事，要聯繫自己的生活體驗，舉出生活中的實際例子，才可以理解寓意：無論做什麼事情，必須先把方向定正確，不然會適得其反。

3. 從寓言形式的特點解讀寓意。

不同的寓言故事採用的表現方法不盡相同，從它的形式入手，看看有什麼表達特點，再來解讀具體作品的寓意。如《杞人憂天》是通過人物的對話來展開情節的。「杞人」把自己的憂慮說出來，「曉之者」作解答，這樣一問一答推動了情節的發展，並使文章結構如被一條線貫穿起來一樣，層次分明。這樣的表現方法，恰到好處地表現了寓意。

小提示

故事短小、趣味盎然、新鮮活潑，才能吸引人，也才有利於達到闡述寓言寓意的最終目的。

練習

1. 請用自己的話講述這個寓言故事，你認為故事的主角是真實的嗎？為什麼？

2. 請概括故事的寓意，你覺得這個故事諷刺了什麼？故事中蘊含了什麼道理？

3. 分析這個寓言使用了哪些手法進行諷刺，説明道理？

4. 閱讀寓言《狐假虎威》，解讀其中的寓意。

一天，一隻老虎餓了，四處搜尋東西吃。碰巧，牠捉到一隻狐狸，準備美餐一頓。可狐狸卻對牠說：「你不敢吃我。我是天帝派來的，他封我當百獸之王。你要是吃了我，那就違抗了天帝的意旨。」老虎聽了狐狸的話，半信半疑，肚子餓得咕古咕叫，卻不知如何是好。狐狸看到老虎在猶豫，又說：「你以為我的話是假的嗎？不信，我在前面走，你在我後面跟着，看看百獸見到我的樣子，牠們不怕得逃跑才怪呢！」老虎覺得有道理，就跟着狐狸一路走去。果然，眾獸看見了，都嚇得四處逃竄。老虎不知道所有的野獸是因為怕自己而逃走的，牠還以為真的是害怕狐狸呢！

寓意解讀：

5. 小組活動：寓言故事表演。三人一組，從下面選擇一個自己喜歡的寓言故事，利用網上的文字與視頻資源加深理解，將寓言故事編寫成短劇，然後進行一個即興表演。

鷸蚌相爭　　　　自相矛盾

東郭先生　　　刻舟求劍　　　畫蛇添足

第三課　故事有什麼作用？

❓ 探究驅動

連連看——請把以下改變人類生活的發明及其描述連線配對。

（1）	空調	沖走生活的煩惱
（2）	車輪	讓室內四季如春
（3）	互聯網	藏在裏面的明亮
（4）	隱形眼鏡	將世界連成一家
（5）	抽水馬桶	滾動的革命

📖 講解

　　紙張改變了人類的書寫方式，蒸汽機改變了人類的生產方式，智能手機改變了人類的溝通方式。這些偉大的發明改變了人類的社會生活。你知道嗎？中國古代的科技發明曾經長期處於世界領先地位，對人類文明的進步作出過重要貢獻，並形成了富有特色的科技文化。在中國科學技術史上，成就最大的是農學、天文學、數學和醫學四大學科。在今天，源自中國古代科技文化的中醫學仍然發揮着積極的作用。

📑 課文

中醫典籍創造奇跡

　　2015 年 10 月 5 日，瑞典卡羅琳醫學院[1] 在斯德哥爾摩宣佈，中國女科學家屠呦呦和另兩位分別來自愛爾蘭、日本的科學家分享 2015 年諾貝爾生理學或醫學獎，以表彰他們在寄生蟲[2] 疾病治療研究方面取得的成就。屠呦呦成為首位獲得該獎的中國人。

中醫典籍

❶ 瑞典卡羅琳醫學院：在全世界的高等教育中，最大的一所單一醫學院，同時也是世界上最有威望的醫學院之一。

❷ 寄生蟲：寄生在別的生物體上的動物，如蝨子、跳蚤、蛔蟲等。

在中國，瘧疾 ③ 已經隨着醫療衛生和生活條件的根本改善而基本絕跡 ④。今天人們對它的認知來自一些反映戰爭或者貧困生活的影視劇和文學作品。瘧疾病人發起病來一時高燒焚身 ⑤，一時如墜 ⑥ 冰窟 ⑦，因此也叫「打擺子」。這種古老而頑固的惡疾，因其傳播廣泛，致死率高，曾經是對人類威脅最大的疾病之一，現在也依然威脅着一些國家和地區人們的生命。

屠呦呦的特殊貢獻是發現了青蒿素 —— 一種治療瘧疾的藥物，挽救了全球特別是發展中國家數百萬人的生命。青蒿素，來源於《詩經》提到的那株野草——「蒿」。這種被稱為「中國神藥」的抗瘧特效藥，是中醫藥帶給世界的一份禮物。

早在公元前 2 世紀，中國先秦醫方書《五十二病方》已經對植物青蒿有所記載。公元 340 年，東晉的葛洪 ⑧ 在其撰寫的中醫方劑《肘後備急方》一書中，首次描述了青蒿的抗瘧功能。李時珍的《本草綱目》則說它能「治瘧疾寒熱」。

但是，當屠呦呦利用現代醫學方法檢驗青蒿提取抗瘧物時結果卻並不理想。為什麼在實驗室裏青蒿的提取物不能很有效地抑制瘧疾？屠呦呦一時找不到答案，她重新翻出古代醫學典籍，一本一本仔細翻查。直到 1971 年下半年的一天，葛洪《肘後備急方·治寒熱諸瘧方》中的幾句話觸發了屠呦呦的靈感：「青蒿一握，以水二升漬，絞取汁，盡服之。」

絞汁使用的辦法，和中藥常用的煎熬法不同。這是不是為了避免青蒿的有效成分在高溫下被破壞？福至心靈 ⑨ 的一個閃念，推開了緊鎖青蒿素奧秘 ⑩ 的大門。屠呦呦用沸點只有 53℃ 的乙醚，經過了繁複冗雜 ⑪ 的過程，終於成功提取了青蒿素。

屠呦呦從傳統的醫學典籍中找到了打開大門的鑰匙，她的成功證明了中國古代科技文獻是人類的珍寶，中國的中醫學在現實生活中發揮着積極的作用。

③ 瘧疾：以瘧蚊為媒介而散播的急性傳染病。
④ 絕跡：沒有了蹤跡，不再出現。
⑤ 高燒焚身：發高燒，身體溫度高得好像着火了一樣。
⑥ 墜：掉下。
⑦ 冰窟：浮冰塊裏的一個開口空間。

⑧ 葛洪：東晉陰陽家、醫學家、博物學家和製藥化學家，煉丹術家，著名的道教人士。

⑨ 福至心靈：福氣來了，人的心竅也開了，心思都顯得靈巧了。形容人遇到適當時機時思路靈活、舉措得當。
⑩ 奧秘：深奧的秘密。
⑪ 繁複冗雜：冗長多餘且繁多複雜。

相關知識

通過中國古代科技名家的故事，瞭解相關的科學知識。

張衡

時期：東漢　　科技貢獻：發明了地動儀

張衡是東漢時期偉大的天文學家、數學家、發明家、地理學家、製圖學家、詩人。他發明了地動儀，為中國的天文學、機械技術、地震學做出了了不起的貢獻。

祖沖之

時期：南北朝　　科技貢獻：算出了圓周率

祖沖之在數學、天文曆法、機械學等方面取得了極高的成就。他的《綴術》一書，算出了當時世界上最先進圓周率的真值。他創製了《大明曆》，將歲差引進曆法。他設計製造過水碓磨、銅製機件傳動的指南車、千里船、定時器等，促進了生產的發展。國際天文學聯合會用祖沖之的名字命名月球上的一座環形山，以表達對他的敬仰和紀念。

沈括

時期：北宋　　科技貢獻：撰寫了科學巨著《夢溪筆談》

沈括在物理學、光學、聲學、生物醫學等領域內造詣極高。他發明了「十二氣曆」，廢除陰曆，採用陽曆，以節氣定月，大月 31 日，小月 30 日。他的《夢溪筆談》內容包括天文、曆法、數學、物理、化學、生物、地理、地質、醫學、文學、史學、考古、音樂、藝術等共 600 餘條，是中國科學史上的坐標。

時期：南宋　　科技貢獻：改良了棉紡織技術

黃道婆是中國歷史上著名的紡織技術專家。她結合黎漢兩族人民紡織技術的長處，系統地改進了從軋籽、彈花到紡紗、織布的全部生產工序，創造了一套新型的紡織工具，改進當時的棉紡技術。

李時珍

時期：明朝　　科技貢獻：編寫了醫學巨著《本草綱目》

李時珍的《本草綱目》是當時最系統、最完整、最科學的一部醫藥學著作，具有劃時代意義。先後被譯成日、德、法、英、俄、拉丁等十幾種文字，被公認為「東方醫學的巨典」。19世紀著名生物學家達爾文曾評價《本草綱目》是中國古代醫學的「百科全書」。

練習

1. 完成課文結構圖。

中醫典籍創造

成就	
貢獻	發現了一種　　　　　的藥物：
瘧疾	發病時： 頑固的惡疾：
中醫記載	《五十二病方》： 《本草綱目》： 《肘後備急方》：
出發靈感	「　　　　　　　　　　　」 絞汁作用：

中醫藥帶給世界的禮物

141

2. 找出每個段落的關鍵句，畫線標記。在表格中寫下關鍵句的位置，並說明關鍵句在不同位置上的作用。

	開頭 / 中間 / 結尾	作用
第一段：		
第二段：		
第三段：		
第四段：		
第五段：		
第六段：		

3. 瘧疾是什麼？它的可怕之處在哪裏？

4. 屠呦呦在發現青蒿素的過程中遇到了哪些困難？

5. 為什麼說「抗瘧特效藥，是中醫藥帶給世界的一份禮物」？

6. 請和同學分享你知道的其他中國古代科技發明故事。

探究驅動

以小組為單位，利用有效工具，把下面的成語補充完整，並說說每個成語的故事。

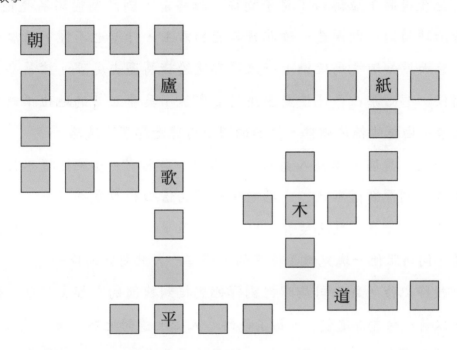

講解

「以史為鑒，可以知興替」意思是說借鑒歷史可以知道一個國家的興亡。中華文明經歷了各個地區不斷融合、擴張到最後統一，是世界上最古老的文明之一。從先秦、兩漢、三國、兩晉、南北朝、隋唐、宋元到明清，上下五千年中，有太多動人的故事。這些膾炙人口的真實故事集中記錄在歷史典籍中，如《史記》。

西晉史學家陳壽所著的《三國志》是一部記載三國時期的斷代史，記錄了三國鼎立的局勢。元末明初，羅貫中結合《三國志》、民間傳說、戲曲和話本等史料，創作了《三國志通俗演義》。清康熙年間，毛綸、毛宗崗父子對其進行刪改後，成為今日通行的 120 回本《三國演義》，三國故事至今盛傳不衰。

知識窗

《三國志》和《史記》《漢書》《後漢書》並稱前四史，不僅在史學上有很大價值，在文學上也備受推崇。

課文

樂不思蜀

三國時期，魏、蜀、吳三個國家各據一方①，征戰不休②，爭奪霸主的統治地位。其中，劉備割據③管轄④的地方稱為蜀。

劉備依靠諸葛亮、關羽、張飛等一批能幹的文臣武將打下了江山，他死後將王位傳給了兒子劉禪。臨終前，劉備囑咐諸葛亮輔佐⑤劉禪治理蜀國。劉禪是一位非常無能的君主，什麼也不懂，什麼也不做，整天就知道吃喝玩樂，將政事都交給諸葛亮去處理。諸葛亮在世的時候，嘔心瀝血⑥地使蜀國維持着與魏、吳鼎立⑦的地位；諸葛亮去世後，由姜維輔佐劉禪，蜀國的國力迅速走起了下坡路。

一次，魏國大軍侵入蜀國，一路勢如破竹⑧。姜維抵擋不住，終於失敗。劉禪驚慌不已，一點繼續戰鬥的信心和勇氣都沒有，為了保命，他赤着上身、反綁雙臂，叫人捧着玉璽，出宮投降，做了魏國的俘虜。同時跟他一塊兒做了俘虜的，還有一大批蜀國的臣子。

投降以後，魏王司馬昭把劉禪他們接到魏國的京都去居住，仍使他和以前一樣養尊處優⑨，為了籠絡⑩人心，還封他為安樂公。

司馬昭雖然知道劉禪無能，但對他還是有點懷疑，怕他表面上裝成很順從的樣子，暗地裏存着東山再起的野心，有意要試一試他。有一次，他請劉禪來喝酒，席間，叫人為劉禪表演蜀地樂舞。跟隨劉禪的蜀國人看了都觸景生情，難過得直掉眼淚。司馬昭看看劉禪，見他正咧着嘴看得高興，就故意問他：「你想不想故鄉呢？」劉禪隨口說：「這裏很快樂，我並不想念蜀國。」

散席後，劉禪的近臣教他說：「下次司馬昭再這樣問，主公應該痛哭流涕地說：『蜀地是我的家鄉，我沒有一天不想念那裏。』這樣也許會感動司馬昭，讓他放我們回去呀！」

① 各據一方：很多勢力各自佔據一塊地方。
② 征戰不休：常年打仗，沒有停止。
③ 割據：以武力佔據部分地區，在一個國家內形成分裂對抗的局面。
④ 管轄：管理統轄。
⑤ 輔佐：協助，多指政治上協助君主治理國家。
⑥ 嘔心瀝血：吐出心，滴盡血。比喻費盡心血，用盡心思。
⑦ 鼎立：指的是三方如鼎足般對立。鼎，本指古代烹煮用的器物，一般是三足兩耳。
⑧ 勢如破竹：形勢就像劈竹子。形容節節勝利，毫無阻礙。
⑨ 養尊處優：處在尊貴的地位，過着優裕的生活。
⑩ 籠絡：使手段拉攏（多含貶義）。

果然不久，司馬昭又問到這個問題，劉禪就裝着悲痛的樣子，照這話說了一遍，但又擠不出眼淚來，只好閉着眼睛。司馬昭忍住笑問他：「這話是人家教你的吧？」劉禪睜開眼睛，吃驚地說：「是呀，正是人家教我的，你是怎麼知道的？」

司馬昭明白劉禪確實是個胸無大志⑪的人，就不再防備他了。

劉禪身為一國之主，居然樂不思蜀，甚至連裝着想念故鄉都裝不出來，貪圖享樂，志向淪喪⑫竟到了這種地步，實在可氣可歎⑬。

⑪ 胸無大志：心中沒有遠大的志向與抱負。
⑫ 淪喪：淪亡喪失。
⑬ 可氣可歎：讓人禁不住歎氣，感到惋惜。

相關知識

在三國故事中，不乏有對俠肝義膽、精忠報國的歌頌，也有對背信棄義、見利忘義的批判。這些歷史故事中，都體現了中華民族文化的傳統價值觀，閃爍着古人的人生智慧，給後人無窮無盡的啟迪教益。

中國人常說「文史不分家」。學習三國故事，不僅有助於瞭解中國的歷史文化，也是學用中國的語言文字、掌握文學技巧的極佳途徑。

故事記錄了人類文明的進程，教我們明辨是非，智慧做人。

練習

1. 仔細閱讀課文，根據記敍文六要素填寫以下結構圖。

要素	三國故事
時間	（　　　　　）
地點	（　　　　　）
（　　　）	劉禪、（　　　　　）等等
事情的起因	（　　　　　）
事情的經過	（　　　　　）
（　　　）	司馬昭不再防備劉禪了

2. 請用下面的詞語描述一下劉禪是一個什麼樣的皇帝？

養尊處優、貪圖享樂、胸無大志、嘔心瀝血、放棄、嚴格、奮鬥、野心

3. 在劉禪的成長過程中，誰對他的影響最大？為什麼劉禪會變成一個這樣的人？

4. 試想想宴會結束後以下四組人物內心會有何想法？請嘗試分析一下。

司馬昭 _____

劉禪 _____

魏國大臣 _____

蜀國大臣 _____

5. 選詞填空。

樂不思蜀　嘔心瀝血　維持　保持　傷心不已　養尊處優　投降　野心　雄心
觸景生情　痛哭流涕　信心　放棄　胸無大志　可大可小　嚴格　嚴厲　奮鬥
胸懷大志　志存高遠　追求　愚蠢　安於現狀　大智若愚　下坡路

（1）有人認為雖然劉禪不是一個_____的人，但是這也不是他的錯，因為他並沒有選擇去做皇帝。

（2）凱撒大帝從小就是一個_____的人。

（3）無論如何，我們也不能_____夢想。

（4）媽媽不是一個很_____的人，但是對我的要求很_____。

（5）麗江古鎮的美麗風景讓我流連忘返，已經_____了。

（6）劉禪竟然把諸葛亮和其他文臣武將_____打下的江山讓給了別人，真是可氣可歎！

（7）有人說劉禪很_____，有人卻說他是_____。

（8）在_____的生活中，一般人都容易_____。

？　探究驅動

請寫下你最親密朋友的名字，列出你認為分辨真假朋友的重要標準。

我最親密
的朋友

什麼是真朋友	什麼是假朋友

講解

　　中華民族是禮儀之邦，「講義氣、重誠信」是古人崇尚的美德，也是交友待人的準則。在中國傳統文史作品中，流傳着許多朋友情誼至深至重的故事，吸引着古往今來歷代讀者的關注和喜愛。

　　古人把自己的好友稱作「知音」或「知己」，即說明雙方心心相印，又突出了對方擁有慧眼，能夠賞識自己。這樣互相信任的朋友，有義氣、無私心，為了朋友可以獻出自己的生命。

　　在中國歷史上，流傳着許多動人的故事，歌頌真摯的友情，如劉備、關羽和張飛「桃園結義」的故事等。這些故事表達了中國古人渴求知音、對真摯朋友的深情渴盼。

　　人們用很多專門的詞語，來形容珍貴的朋友關係，如：

莫逆之交	君子之交	患難之交	肺腑之交
情投意合的朋友	在道義上相互支持的朋友	逆境中結交的朋友	心靈相通的朋友

司馬遷在《史記》寫了春秋時期「管鮑之交」的故事，這個故事講述了管仲和鮑叔牙之間彼此信任、相互理解的深厚友誼，成為了朋友之間莫逆之交的代名詞。

📖 課文

管鮑之交

在中國歷史上，有一個著名的成語叫「管鮑之交」，這個成語記敘了為人稱頌的友情故事，讓管仲和鮑叔牙兩個人青史留名[1]。

管仲二十來歲時就結識了鮑叔牙，起初二人合夥[2]做點買賣，因為管仲家境貧寒就出錢少些，鮑叔牙出錢多些。生意做得還不錯，可是有人發現管仲用賺來的錢先還了自己欠的一些債[3]，這錢還沒入賬[4]就給花了。更可氣的是到年底分紅[5]時，鮑叔牙把賺來的錢分給他一半，他也就接受了。

[1] 青史留名：指在歷史上留名，永垂不朽。青史，史書。
[2] 合夥：結成夥伴關係合力做某事。
[3] 債：欠負的錢財。
[4] 入賬：記入賬簿中。
[5] 分紅：分取紅利，獲得利潤。

鮑叔牙手下的人看不慣，對鮑叔牙說，管仲做生意出錢少，平時用錢又多，年底還照樣和您平分紅利，顯然他是個十分貪財的人，才會厚着臉皮接受這些錢的。鮑叔牙斥責[6]他手下道：「你們滿腦子裏裝的都是錢，就沒發現管仲的家裏十分困難嗎？他比我更需要錢，我和他合夥做生意就是想要幫幫他，我情願這樣做。這件事你們以後不要再提了。」

後來，他們又一起去當兵。每次打仗，鮑叔牙都緊緊跟在管仲身邊。衝鋒時，他跑到管仲的前頭；後退時，他又走在管仲的後邊。遇到危險，鮑叔牙都毫不猶豫[7]地用自己的身體去保護管仲。在一次戰鬥中，鮑叔牙受了傷，管仲急忙為他包紮[8]傷口。管仲看到流血的傷口，難過地說：「你是為了我才受了傷的啊！」鮑叔牙笑了笑，說：「沒關係！沒關係！」有人問鮑叔牙：「對朋友，你可真是做到家了。這樣做是為了什麼呀？」鮑叔牙說：「我不這樣做，管仲也會這樣做的。我總以為，他比我有本領有膽量，總有一天，他會幹出更大的事業。」

再後來，他們在齊國做了官，管仲在鮑叔牙的支持下成功地進行了改革，使齊國成為當時最強大的國家。漸漸地，管仲的官職超過了鮑叔牙。這時，一些大臣議論紛紛[9]，替鮑叔牙抱不平[10]。鮑叔牙知道自己如果繼續做官可能對管仲不利，於是就毅然[11]決定向齊桓公辭官回鄉。齊桓公挽留他，管仲也勸鮑叔牙留下。但是，鮑叔牙還是悄悄地離去了。管仲逢人就說：「生我者，父母也；知我者，鮑子也。」

管仲沒有辜負鮑叔牙，成為了中國歷史上有名的政治家，被譽為「春秋第一相」，輔佐齊桓公當上了春秋霸主。

人們說管仲是一匹千里馬，鮑叔牙就是他的伯樂！

相關知識

司馬遷的《史記》開創了中國傳記文學的先河，成為中國第一部優秀的傳記文學作品，被譽為是「二十四史之首」。除了歷史文獻中至高無上地位外，也具有獨一無

(側註)

[6] 斥責：責罵，嚴厲地、放肆地指責或辱罵。

[7] 毫不猶豫：當機立斷，一點也不遲疑。
[8] 包紮：用繃帶捆綁、包裹或包纏。

[9] 議論紛紛：不停揣測、討論。
[10] 抱不平：因看見不公平的事而感到義憤。
[11] 毅然：堅決果斷的、毫不猶疑的樣子。

二的文學價值，在塑造人物、描寫場景、刻畫心理，以及敘事的手法、品評議論的藝術等方面，都取得了極高的成就，成為後世文學的典範。

司馬遷在真實記錄事實的同時，採用了許多文學手法抒發情感，秉筆直書、隱惡揚善，表達出鮮明的觀點，塑造了符合中國人審美觀念的形象，為後人確立了做人行事的準則。

學習經典故事，要善於從字裏行間感受作品的思想情感。

📝 練習

1. 課文寫了鮑叔牙和管仲之間發生的三件事，請為每件事加上一個小標題，並簡要概括事件，字數要求：20 字左右。

（1）

（2）

（3）

2. 上面提到的三件事分別展現了鮑叔牙怎樣的個性？請結合課文相關內容略作說明。

（1）

（2）

（3）

3. 你認為鮑叔牙和管仲分別是一個怎樣的人？

 管仲

 鮑叔牙

4. 結合文章，談一下通過鮑叔牙和管仲的交往過程，讓你對增進友誼有什麼新的認識？

5. 鮑叔牙為成全管仲而辭官，大臣們都議論紛紛。發揮想像並結合上下文，他們會說些什麼呢？

6. 中國歷史上有著名的「八拜之交」，請分小組選擇其中一個，查找資料，研習合作，在班級分享研究結果。

？　探究驅動

你知道二十四節氣嗎？請翻看日曆和同學一起合作完成下面的二十四節氣表。

序號	季節	節氣	農曆	公曆	意義
1			正月節	2 月 4 / 5 日	開始進入春天，萬物復甦。
2			正月中	2 月 19 / 20 日	春風遍吹，天氣漸暖，冰雪融化，空氣濕潤，雨水增多。
3			二月節	3 月 5 / 6 日	天氣轉暖，春雷震響，蟄伏在泥土裏的各種冬眠動物甦醒過來開始活動，故名。大部分地區進入春耕。
4	＿＿季		二月中	3 月 20 / 21 日	南北兩半球晝夜相等。大部分地區越冬作物進入春季生長階段。
5			三月節	4 月 4 / 5 日	天氣晴朗溫暖，草木始發新芽，萬物開始生長，農民忙於春耕春種。人們在門口插上楊柳條，到郊外踏青、祭掃墳墓。
6			三月中	4 月 20 / 21 日	天氣較暖，雨量增加，雨水滋潤大地，是北方春耕作物播種的好季節。
7			四月節	5 月 5 / 6 日	夏天開始，雨水增多，農作物生長漸旺，田間工作日益繁忙。
8	＿＿季		四月中	5 月 21 / 22 日	大麥、冬小麥等夏收作物已經結果、籽粒飽滿，但尚未成熟。
9			五月節	6 月 5 / 6 日	小麥等有芒作物成熟，宜開始秋播，如晚穀、黍、稷等。長江中下游地區將進入黃梅季節，連綿陰雨。

序號	季節	節氣	農曆	公曆	意義
10			五月中	6 月 21 / 22 日	陽光直射北回歸線，白天最長。從這一天起，進入炎熱季節，萬物生長最旺盛，雜草害蟲也迅速滋長。
11			六月節	7 月 7 / 8 日	正值初伏前後，天氣很熱但尚未酷熱，忙於夏秋作物的工作。
12			六月中	7 月 23 / 24 日	正值中伏前後，一年最炎熱時期，喜溫作物迅速生長，雨水甚多。
13			七月節	8 月 7 / 8 日	秋天開始，氣溫逐漸下降。中部地區早稻收割，晚稻開始移栽。
14			七月中	8 月 23 / 24 日	氣候變涼的象徵，表示暑天終止，夏季火熱已經到了盡頭。
15	＿＿季		八月節	9 月 7 / 8 日	天氣轉涼，地面水汽結露。
16			八月中	9 月 23 / 24 日	陽光直射赤道，晝夜幾乎相等。北方秋收秋種。
17			九月節	10 月 8 / 9 日	天氣轉涼，露水日多。
18			九月中	10 月 23 / 24 日	天氣已冷，開始有霜凍。南方仍可秋收秋種。
19			十月節	11 月 7 / 8 日	冬季開始，一年的田間操作結束，作物收割之後要儲藏起來。
20			十月中	11 月 22 / 23 日	氣溫下降，黃河流域開始降雪。北方已進入封凍季節。
21	＿＿季		十一月節	12 月 7 / 8 日	黃河流域一帶漸有積雪。北方已是萬里冰封。
22			十一月中	12 月 21 / 22 日	陽光幾乎直射南回歸線，北半球白晝最短，黑夜最長。
23			十二月節	1 月 5 / 6 日	開始進入寒冷季節。冷氣積久而寒，大部分地區進入嚴寒時期。
24			十二月中	1 月 20 / 21 日	天氣寒冷到了極點，是一年中最冷的時候。

二十四節氣歌
春雨驚春清穀天
（立春，雨水，驚蟄，
春分，清明，穀雨）
夏滿芒夏暑相連
（立夏，小滿，芒種，
夏至，小暑，大暑）
秋處露秋寒霜降
（立秋，處暑，白露，
秋分，寒露，霜降）
冬雪雪冬小大寒
（立冬，小雪，大雪，
冬至，小寒，大寒）

講解

古代中國是個農業社會，古人結合日月的運行位置，獨創中國曆法，把一年平分為二十四等份，各部分設立專有名稱，為「二十四節氣」。二十四節氣又可分為四類。

表示寒來暑往變化	立春、春分、立夏、夏至、立秋、秋分、立冬、冬至
象徵氣溫變化	小暑、大暑、處暑、小寒、大寒
反映降水量	雨水、穀雨、白露、寒露、霜降、小雪、大雪
反映物候現象或農事活動	驚蟄、清明、小滿、芒種

二十四個節氣的劃分充分考慮了季節、氣候、物候等自然現象的轉化。根據「節氣」指導農業生產的時間，如農民該何時播種、何時收割等，更為準確。這對中國農牧業發展起了重要作用。

二十四節氣，是中華民族智慧的結晶，是中國獨有的文化現象，千百年來指導農耕生活的順利展開。許多節日和節氣息息相關，許多農諺也由此而來。在很多故事中，我們也能看到「節氣」的身影。

課文

二月二龍抬頭

龍抬頭又被稱為「春耕節」「農事節」「春龍節」「龍頭節」，是中國漢族民間傳統節日。

龍抬頭是每年農曆二月初二，傳說是龍抬頭的日子，它是中國城鄉的一個傳統節日。人們慶祝「龍頭節」，以示敬龍祈雨❶，讓老天佑保❷豐收。俗話說：「二月二，龍抬頭，大家小戶使耕牛。」此時，陽氣回升，大地解凍，春耕將始，正是運糞備耕❸之際。

❶ 敬龍祈雨：因久旱而祭拜龍王，祈禱上天降雨。

❷ 佑保：指神力的護衛幫助。

❸ 運糞備耕：運送作物養料，準備好去耕種。

傳說此節起源於三皇[4]之首伏羲氏[5]時期。伏羲氏「重農桑，務耕田」，每年二月二這天，「皇娘送飯，御駕親耕」，自理[6]一畝[7]三分地。後來黃帝、唐堯、虞舜、夏禹紛紛效法[8]先王。到周武王，不僅沿襲[9]了這一傳統作法，而且還當作一項重要的國策[10]來實行。於二月初二，舉行重大儀式，讓文武百官都親耕一畝三分地，這便是龍頭節的歷史傳說。

關於龍頭節，在民間相傳還有另一個故事，說的是唐高宗李治駕崩後，武則天當權，先後立其子李哲、李旦為中宗、睿宗，又相應廢去。於永昌二年，廢唐改周，自立為帝，稱周武皇帝。這事惹惱了玉皇大帝，他傳命太白金星告訴四海龍王，三年內不得降雨人間，以示懲誡[11]。

當年從立夏到寒露，150多天滴雨未下，以致大地乾涸[12]，莊稼旱死，許多地方連吃水都非常困難，哀鴻遍野[13]，民不聊生[14]。種種人間慘象，被掌管天河的玉龍看在眼裏，十分不忍，他冒着違犯天條的危險，張開巨口，喝足天河之水，私自佈雨，解救了天下黎民[15]百姓，但卻招來了玉帝惱怒，將玉龍打入凡間，壓在一座大山之下受苦。山前還立了一通石碑，上面刻有四句話：「玉龍行雨犯天規，應受人間千秋罪。若想重上凌霄殿，除非金豆開花時。」

人們經過這裏，看了碑上的字，才知道玉龍為救百姓行雨，卻被壓在這裏受苦。

為了救出玉龍重上雲天，再掌天河，人們決心找到開花的金豆。找啊，找啊，直找到第二年的農曆二月初一，恰好街上有集市，一位老奶奶背着一布袋苞米粒趕集，因布袋口沒紮結實，走着走着布袋開了，金黃的苞米粒撒了一地。人們看了，高興極了，這苞米粒多像金豆呀！如果放在鍋裏炒，不就爆出金花了嗎？於是，一傳十，十傳

[4] 三皇：三皇時代是中華文明的萌芽發展期。世人對「三皇」有不一樣的定義，廣為流傳的是伏羲、神農和女媧。

[5] 伏羲氏：華夏太古三皇之天皇，與女媧同被尊為人類始祖。他在中國神話中與女媧一樣，有龍身人首、蛇身人首的特徵，因而被後人稱為龍祖。

[6] 自理：自己管理。

[7] 一畝：中國市制土地面積單位，一畝等於六十平方丈。

[8] 效法：仿照別人的做法去做，學習別人的長處。

[9] 沿襲：遵循，依照舊傳統或規定辦理。

[10] 國策：國家執行較長時間、對國計民生有重大影響的基本政策。

[11] 以示懲誡：用責罰的方法展示，讓大家警誡。

[12] 乾涸：乾枯沒有水。

[13] 哀鴻遍野：比喻流離失所、呻吟呼號的災民到處都是。

[14] 民不聊生：形容人民不能安定生活。

[15] 黎民：「黎」，《爾雅》釋為「眾」，故「黎民」即眾民，乃西周開始對庶民百姓之俗稱。

這情景被玉龍看見了，好不歡喜，就大聲喊道：「太白老頭兒，金豆開花了，還不快放我出去。」太白金星老眼昏花，看了看，果然是金豆開花，便將壓在玉龍身上的大山移開，玉龍順勢 ⑯ 一躍騰空 ⑰，再降甘霖 ⑱。

從此之後，二月二炒芭米或者炒黃豆就成了習俗，一年一年傳了下來。當天大人小孩還會唸着：「二月二，龍抬頭，大倉滿，小倉流。」有的地方在院子裏用灶灰撒成一個個大圓圈，將五穀雜糧放在中間，稱作「打囤」或「填倉」。用意是預祝當年五穀豐登，倉囤盈滿 ⑲。節日時，各地也普遍把食品名稱加上「龍」的頭銜，例如吃水餃叫吃「龍耳」，吃春餅叫吃「龍鱗」，吃麵條叫吃「龍鬚」，吃米飯叫吃「龍子」，吃餛飩叫吃「龍眼」。

俗話說「龍不抬頭，天不下雨」，龍是祥瑞之物，又是和風化雨的主宰 ⑳。農曆二月二，人們祈望龍抬頭興雲作雨、滋潤萬物，素有「二月二剃龍頭」的說法。中國民間普遍認為在這一天剃頭 ㉑，會使人紅運當頭、福星高照，因此，民諺說「二月二剃龍頭，一年都有精神頭」。每逢二月二這一天，家家理髮店都是顧客盈門 ㉒，生意興隆。另外，中國民間流傳着「正月剪頭死舅舅」的說法，所以很多人在臘月理完髮後，一個月都不再去光顧理髮店，直到「二月二」才解禁。不過，這一民間禁忌 ㉓ 近年來已經逐漸淡薄了。二月二是蟄龍 ㉔ 升天的日子，而中國人素以龍為圖騰 ㉕，這一天「剃龍頭」，體現出人們祈求神龍賜福的美好願望。

🔍 相關知識

20 世紀 50 年代以來，相對於有形的文化遺產，如建築、書籍、雕塑等，對無形文化遺產的保護逐漸成了一個國際性話題。無形的文化遺產又稱為「非物質文化遺產」，曾被譽為歷史文化的「活化石」，也稱作「民族記憶的背影」。

---

⑯ 順勢：順應情勢。

⑰ 一躍騰空：瞬間飛升天空。

⑱ 再降甘霖：指再次下雨。甘霖，甜美的雨水。

⑲ 倉囤盈滿：儲存起來的糧食有很多，整個糧倉都滿了。

⑳ 主宰：主管，支配。

㉑ 剃頭：剃去頭髮。

㉒ 盈門：形容顧客多得擠不進門。

㉓ 禁忌：被禁止或忌諱的言行。

㉔ 蟄龍：蟄伏的龍，即冬眠的龍，後比喻隱匿的志士。

㉕ 圖騰：源出印第安語，意為「他的家族」。人們以某種動物、植物或其他物體作為家族或部族的標誌。

根據聯合國教科文組織的規定，非物質文化遺產包括五大類別：（1）語言與口述傳統；（2）表演藝術；（3）社會節日與習俗；（4）與自然和宇宙有關的知識及應用（如風水）；（5）傳統手工藝。

中國傳統節日形成，是民族和國家歷史文化長期積澱凝聚的過程。它承載着神話、傳說、天文、地理、宗教、曆法等等眾多人文與自然文化內容。最早的節日慶祝是原始崇拜和祭天儀式，如拜財神和灶王爺等。還有一些對歷史人物的紀念都融合凝聚在節日的內容裏，如寒食節紀念介子推、端午節紀念屈原等。這些風俗一直延續發展至今不衰。其中端午節已經被列入國家級的非物質文化遺產名單。還有一些節日與節氣緊密相關。2016 年 11 月 30 日，「二十四節氣」被正式列入聯合國教科文組織人類非物質文化遺產代表作名錄。

練習

1. 請根據課文內容填寫下表。

為何稱為「龍抬頭」？

_____

「龍頭節」在農曆哪一天？

_____

「龍頭節」來歷 <1>：

_____

「龍頭節」來歷 <2>：

_____

「龍頭節」的習俗有：

_____

慶祝「龍頭節」的真實目的是：

_____

還有哪些有關「龍」的節日？

_____

東西方的「龍文化」有何差異？

_____

2. 成語接「龍」。

❶ 車水馬龍   ❷ (　　　　　　)

                            ❺ (　　　　　　　)

❸ (　　　　　)   ❹ (　　　　　)

❻ (　　　　　)

                                    ❾ (　　　　　　)

❼ (　　　　　)

        ❽ (　　　　　)

                    ❿ (　　　　　)

3. 小組合作完成以下節日慶祝表。

農曆月份	節日	涉及人物	習俗	西曆月份	節日	涉及人物	習俗
1				1			
2				2			
3				3			
4				4			
5				5			
6				6			
7				7			
8				8			
9				9			
10				10			
11				11			
12				12			

第四課　怎樣講述自己的故事？

 **探究驅動**

觀看一則最近的電視新聞，找找新聞中的故事。選擇一段你感興趣的故事和大家分享，告訴同學新聞中講述了什麼故事，你為什麼對這個故事感興趣。

講解

新聞和故事是分不開的。新聞就是對新近發生的事件的報道。

新聞天天有，要會看新聞中的故事，從故事中更深刻地理解新聞，就要知道新聞故事和一般故事相比有哪些特點。一般來說，新聞故事有以下幾個特點：

1. 要堅持正確的導向
2. 要真實，不能虛假
3. 要有內涵，引起人們的思考
4. 故事之後通常有評論

解讀新聞中的故事，要抓住記敘要素，瞭解大致內容，結合新聞的主要內容來分析相關事實，理解文本意義，對新聞人物進行分析，探討人物精神品質，聯繫現實看這些經歷對讀者有什麼啟發，探究新聞故事反映的人生價值，產生的社會功用和社會意義。

 小提示

相比我們前面學習過的神話故事、寓言故事等，新聞故事更強調真實性。

課文

① 童謠：在兒童中流行的形式短小、語言通俗的歌謠。
② 滾瓜爛熟：形容讀書或背誦極為流利熟練。
③ 結結巴巴：由於興奮或口吃而不大連貫或間歇性重複說話。形容說話不流利。

> 2018 年 5 月 18 日
> 星期五 農曆四月初四
>
> 今日天氣
> 25～30℃
> 多雲
>
> # 新聞晚報

背英語童謠比漢語還「溜」

【本報訊】英語童謠①背得滾瓜爛熟②，但漢語兒歌卻說得結結巴巴③。

近日，記者從「海文杯」兒童中英文故事大賽中發現這樣一個奇

怪的現象，不少參賽兒童的英語竟然比漢語還要好。專家指出，這樣英語順溜④、漢語遜色⑤的兒童不能得獎。

記者在比賽現場看到，一個 5 歲的小男孩在台上用英語流利地朗誦一首經典英語童謠《會飛的猴子》，其生動逼真⑥的手勢和肢體語言⑦，將一隻可愛的小猴子演繹⑧得活靈活現⑨。可當評委要求他把這首童謠用中文再表演一遍時，他不僅個別詞語讀音不清、咬字不準⑩，而且疙疙瘩瘩⑪、斷斷續續⑫，顯然比用英語的表演遜色一等⑬。當評委問及小男孩原因，孩子說英語天天背、天天讀，不知道多少遍了。

評委組告訴記者，雙語童謠比賽要求參賽的每個孩子先用英語把童謠講述一遍，然後再用中文講述一遍，評委將根據孩子的中英文表達能力、語言流暢程度、現場表現感等綜合打分。但英語講得好，中文理解、表達遜色是不可能獲得大獎的。

華東師範大學對外漢語系教授告訴記者，如今，家長在強調孩子學英語的同時，卻忽視了中文學習。一些家長讓孩子天天背英語，但缺乏對中文的理解只可能是「死記硬背」⑭。同時，中文的理解、閱讀和表達對孩子今後各方面的學習也是非常重要的，如果中文基礎打得不扎實⑮，將直接影響今後各科目的學習。

（資料來源：《新聞晚報》，2004 年 5 月 21 日報道。）

④ 順溜：順暢有次序。

⑤ 遜色：比不上，差勁。

⑥ 生動逼真：靈活而不呆板、有變化，就像真的一樣。

⑦ 肢體語言：身體語言，是人際交往中一種傳情達意的方式。

⑧ 演繹：由一般的知識原理推導出特殊或個別結論的邏輯方法。

⑨ 活靈活現：敘述或描繪得生動逼真，使人感到就像親眼看到一樣。

⑩ 咬字不準：漢字的讀音不夠準確。

⑪ 疙疙瘩瘩：結結巴巴，不流利。

⑫ 斷斷續續：不連貫。

⑬ 遜色一等：差了一個等級。

⑭ 死記硬背：常指不去理解而一味死板地背誦書本。

⑮ 扎實：結實，堅實。

相關知識

新聞的五要素是標題、導語、主體、背景和結語。

1. 標題。高度概括主要事實和中心意思，要求準確、凝練、新穎、醒目。

2. 導語。用一句話或一段話概括最有價值、最核心的事實，告訴讀者什麼時間、什麼地點、什麼人（單位）、什麼事以及事情的經過和結果。

3. 主體。承接導語，對消息事實展開具體的敘述，要條理清楚、層次分明、內容充實、生動形象。

4. 背景。說明消息事件發生的歷史環境和原因。

5. 結語。最後一句話或一段話，概括全文。

新聞有廣義與狹義之分，廣義的新聞包括消息、通訊、人物訪談、新聞評論等體裁；狹義的新聞專指消息。消息是指簡要而迅速的新聞報道。通訊是指豐富具體而又翔實生動的新聞報道。人物訪談是指與新聞人物進行直接的會話報道。新聞評論是指媒體就當前重大事件發議論、作解釋、提批評、談意見。

新聞的三特性是：

1. 真實準確性。要求所報道的各種資料真實準確，不僅確有其事，而且構成新聞事實的基本要素——時間、地點、人物、原因、經過、結果是真實準確的。

2. 時效性。指新聞的迅速及時。

3. 簡明性。指新聞要用概括性的文字敘述方式，語言表達簡明扼要。

練習

1. 這篇新聞中講述了一個什麼故事？通過故事想要告訴讀者什麼？看了這個故事你有什麼感想？

小提示

題目可以自擬，如《他為什麼沒有得獎》。

2. 根據課文內容，加上自己的想象和細節的虛構，在班級講述這個故事。用六要素概括故事內容，整理思路。說一說你的故事想要告訴讀者什麼？

時間	地點	人物	起因	經過	結果

小提示

要注意新聞故事的特點：
1. 要堅持正確的導向；
2. 要真實，不能虛假；
3. 要有內涵，引起人們的思考；
4. 故事之後通常有評論。

3. 三人或者四人一組，充當校園小記者，搜集校園裏的新聞。根據搜集結果，創作一篇「校園新聞故事」，題目自擬，字數不限。

？ 探究驅動

1. 想一想好故事的共同特點有哪些？

2. 請根據你的理解思考下面哪些說法是正確的，可以選擇多項，並舉例說明。

   - 故事教會人們使用語言與文字

   - 故事是傳遞人與人經驗的工具

   - 故事中普遍存在着文化的元素

   - 故事幫助人們感悟生活的經驗

   - 故事幫助人們掌握周圍的事物

   - 故事幫助人們瞭解生存的環境

講解

　　好的故事是值得講並且人們都喜歡聽的故事，能打動讀者、喚起記憶、引發共鳴，能讓讀者感受到故事中人物失敗的痛苦，關注人物如何戰勝了失敗，感受到他們成功的喜悅，從而領悟到什麼是對的、什麼是錯的。

　　好的故事可以幫助人們認識在這個故事發生過程中的相關事件，讓人們從中領悟到意義。好的故事語言文字簡單，但意義豐富深刻，具有驚人的力量，讓人們在讀完之後，心中留下難以忘懷的記憶，帶給人們長久持續的影響。

　　好的故事能夠給讀者帶來愉悅的享受，激發讀者豐富的想象和聯想，傳達給讀者積極正面的價值觀念，讓讀者明白一些深刻的哲理或道理。

　　根據這些標準，我們就可以試着去判斷和評價故事了。

花木蘭的故事

MU LAN

故事一：為人熟知的花木蘭故事

花木蘭的故事發生在中國南北朝❶時期，一千多年來，流傳深遠。

相傳，花木蘭是河南商丘❷人。她長得端莊❸，貌美聰慧。她的父親名叫花弧，是一位老軍官。花木蘭在家中排行老大，從小練就了一副好身手。當時北魏抗擊柔然❹邊防緊急，皇上下令徵兵，花弧因為年老體弱不能從軍，而又不能抗拒軍令，家裏的弟弟年紀又小，於是木蘭從織布機上走下來，女扮男裝，代父從軍。

去邊關打仗，對於很多男人來說都是件艱苦的事情，而木蘭既要隱瞞❺身份，又要與夥伴們一起殺敵，其中艱辛可想而知。花木蘭守衛邊關❻十二年，衝鋒殺敵❼，英勇陷陣，為國家立下汗馬功勞，被封為將軍。當她凱旋❽時，已年近三十了。

直到十二年後勝利還家，就連她的手下也不知道她是一位巾幗❾女子。皇帝因為她的功勞，想請她做大官，卻被花木蘭拒絕了。她回到父母身旁，換下戎裝❿，擔負起孝敬年老爹娘的家庭重任。

❶ 南北朝：420-589，因為南北兩勢長時間對立，所以稱南北朝。

❷ 商丘：在今中國河南省內，是華夏文明和中華民族的重要發祥地。

❸ 端莊：端正莊重。

❹ 柔然：古代遊牧民族。

❺ 隱瞞：把真相遮蓋着，也不讓別人知道。

❻ 守衛邊關：在國家邊境保衛國家。

❼ 衝鋒殺敵：向敵人衝擊，殺入敵陣。形容作戰英勇。

❽ 凱旋：打仗得勝後返回。

❾ 巾幗：原是古時的一種配飾，寬大似冠。到了漢代，才成為婦女專用。巾幗後來引申為女子的代稱，如今是對婦女的一種尊稱。

❿ 戎裝：軍裝。

故事二：《花木蘭傳奇》中的花木蘭故事

2013 年 7 月 18 日央視首播了《花木蘭傳奇》，講述了花木蘭的故事。

花木蘭是北魏絲綢重鎮⑪五鳳谷的一名普通繡女，在北魏和柔然戰和的背景下，受命為國家繡製和親⑫圖。在一次次陰謀面前，她視死如歸，與對手鬥智鬥勇⑬，歷盡千險⑭，終於完成了繡製和親圖的任務，成為天下第一繡女⑮。因柔然主戰勢力悍然⑯發動戰爭，花木蘭又女扮男裝替父從軍十二載，克服種種艱難，英勇頑強，憑藉極高的智慧謀略，為平定北魏和柔然間長久的戰爭，促進北魏和柔然的最終和平，作出了重大的貢獻。從一個普通士兵成長為戰功卓著的將軍，並與同樣熱愛和平的柔然王子發生了一段刻骨銘心⑰的愛情。

功成名就之後，花木蘭謝絕⑱皇上的重賞，重回民間做一名普通繡女，而她與柔然王子的愛情也獲得了完美的結果。

⑪ 重鎮：在軍事或其他方面佔重要地位的城鎮。
⑫ 和親：敵對雙方為求和平而聯婚交誼。
⑬ 鬥智鬥勇：用智謀和勇氣來爭勝負。鬥，爭鬥。智，智慧，聰明。勇，勇氣。
⑭ 歷盡千險：經歷了很多困難險阻。
⑮ 繡女：指的是從事刺繡的婦女。
⑯ 悍然：強橫無理。
⑰ 刻骨銘心：牢牢地記在心裏。
⑱ 謝絕：推辭拒絕。

🔍 相關知識

花木蘭是中國歷史上膾炙人口的女中豪傑、巾幗英雄。《木蘭從軍》的故事家喻戶曉。在不同的時代，人們對這個故事進行了不同的演繹和改編，但是每一個故事都要包含下面的幾個要素：

時間	場景	人物（主要／次要）	
情節	衝突	結局	影響

同樣的故事素材，卻有不同的故事版本。閱讀一個好故事，就要全面理解這個故事，欣賞故事的寫法，掌握故事的深刻寓意。賞析和評價故事，是幫助我們理解故事的一個途徑。

練習

1. 寫出課文兩個故事的內容概述，比較二者的異同。

（1）故事一的內容概述。

角色特點	情節結構	故事背景	故事主題	故事目的

（2）故事二的內容概述。

角色特點	情節結構	故事背景	故事主題	故事目的

2. 兩個故事分別有什麼寓意？對你有什麼啟發？

3. 兩個故事相比你更喜歡哪一個？為什麼？請講出三個或以上的理由。

4. 賞析與評論。觀看動畫片《花木蘭》，寫一篇觀後感。

5. 花木蘭的故事已經被改編為多種電視電影節目。如，新編電視連續劇《花木蘭傳奇》、電影《花木蘭》（2009 年版）以及動畫片《花木蘭》（1998 年版）等。請觀看兩個以上的作品，並進行比較和評價。

仔細觀看漫畫，説説漫畫講了一個什麼故事。先簡單填寫下面的故事要素，再用
生動的語言口頭講述。比比看，誰講的故事更加生動感人。

（1）故事中有哪些人物？

_____

（2）故事的主要角色是什麼樣的人？

_____

（3）故事發生在什麼樣的環境下？

_____

（4）故事的主角做了什麼？

_____

（5）故事給你怎樣的感受？

_____

講解

　　故事無處不在，講述故事的方法也有很多。在古代，有壁畫故事，古人用畫在山
崖岩壁上的圖畫講述故事。在現代，有小朋友喜
歡的繪本故事書，也是用圖畫的方式講述故事。
除了圖畫故事外，還可以用不同的語言或藝術形
式來講故事，比如戲劇、音樂、舞蹈、攝影等。

　　講故事的人考慮到接受者的不同需求、各種
條件的局限或期望達到的講述效果等因素，可以
選用不同的講故事方法來實現講述目的。

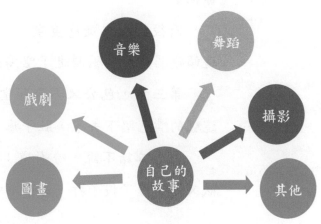

包公審驢

宋朝的時候，有個叫王五的窮人養了一頭驢。他對自己的毛驢異常鍾愛，如寶貝一般精心呵護❶，把驢養得肥壯結實、毛光皮亮。村民人見人愛，羨慕不已。

一天，王五趕着驢，馱❷了兩筐炭到鎮上的集市去賣。他把驢拴❸在市鎮上的一棵樹上，自己背了一袋木炭去賣。回來時，自己的驢不見了，樹上卻拴了一頭皮包骨頭❹、有氣無力的瘦驢。他驚慌萬分，又氣又急，連忙四處找尋，可是從鎮東跑到鎮西、從鎮南跑到鎮北，他連自己那頭驢的影子也沒瞧見。無奈❺之下，他只好拉着瘦驢上衙門❻告狀。

包公升堂審案❼，他問明了經過，衝着瘦驢喝道：「大膽瘦驢，怎麼敢冒名頂替❽，快快從實招來！」瘦驢耷拉❾着腦袋，一聲不吭。

包公把驚堂木❿一拍，大聲喊道：「王朝！馬漢！趕緊把嘴套給驢套上！別給牠吃，別給牠喝！把牠嚴嚴實實地關上三天！到時我再來審牠！」

衙役們心中疑慮重重⓫，都覺得可笑，可又不敢笑。只好遵命把這頭瘦弱難看的驢關進了空蕩蕩的圈欄。

第三天，包公又下令升堂了。三通鼓罷，衙役們立即把驢牽來。這驢的嘴已陷下去了，肚子癟⓬癟的。

包公二話不說，吩咐道：「把這大膽瘦驢重打四十大板。」瘦驢又餓又渴，捱了板子打，渾身哆嗦⓭。

❶ 精心呵護：仔細周密地照顧愛護。

❷ 馱：用背負重。

❸ 拴：用繩子繫住。

❹ 皮包骨頭：形容極端消瘦。

❺ 無奈：沒有別的辦法。

❻ 衙門：舊時官吏辦公的地方。

❼ 升堂審案：舊稱官吏登公堂審訊案件。

❽ 冒名頂替：冒充他人的名，替代他人的身份，以取得利益。

❾ 耷拉：鬆弛地下垂。

❿ 驚堂木：舊時審判官在公案上所置的小木塊。用以拍打桌面，警誡罪人。

⓫ 疑慮重重：形容很多懷疑顧慮。

⓬ 癟：不飽滿，凹下。

⓭ 哆嗦：因為冷、害怕或受外力等身體不由自主地顫抖。

包公接着命令：「解開韁繩[14]，放牠跑！」衙役們遵命。瘦驢又驚又怕，剛脫開韁繩就沒命地跑。包公隨即命令一個差役和王五一起跟蹤前去，看個究竟[15]。

王五和衙役們跟在那頭驢後面，看見驢跑進了田莊的一戶人家，他們跟了進去，果然在那裏找到了王五被偷走的好驢。

偷換驢子的賊人就這樣落網[16]了。王五和衙役們對包公無不佩服。

[14] 韁繩：指紮住馬上唇的一圈繩索或皮帶，附帶交織而成的手柄，作為控制裝置。
[15] 看個究竟：看明白，看清楚。
[16] 落網：被捕。

📖 課文分析

我們來一起看看如何分析故事。《包公審驢》這個故事有下面幾個重要要素：

1. 人物

故事首先要注重對人物的描寫和刻畫，通過詞句描寫表現出人物的特點，給讀者留下深刻的印象。

《包公審驢》中的主要人物是包公，他的特點是：

- 正直——對待案件的態度認真、一絲不苟，不會因為案件的大小和作案人的身份地位而區別對待（語言描寫）。
- 聰明——採用別人想不到、不理解的「審驢」辦法審理案件，解決難題。
- 威嚴——公堂上的言行舉止嚴厲、莊重、有氣勢（動作、語言描寫），衙役們想笑而不敢的舉動（側面描寫），說話的表情、語氣、聲調、動作（正面描寫）。

《包公審驢》中的次要人物是王五，他的特點是：

- 善良——喜歡動物、愛護動物（正面描寫），別人對他毛驢的誇讚（側面描寫）。
- 直率——丟了毛驢「怒氣沖天」，衙門告狀。
- 勤勞——「每天悉心照顧」驢子，「待驢如珍寶」（動作描寫）。
- 靠勞動為生的窮苦人——賣炭（動作描寫、表情描寫），丟了驢「驚慌萬分」（心理描寫）。

2. 情節

故事的發展和變化組成了情節。故事要依靠情節來吸引讀者。

《包公審驢》的情節是：起因（丟驢）→發展（告狀、審驢）→關鍵（打驢、找驢）

小提示

通過作者的描寫，塑造出了包公的形象，突出了他的性格特點，這就是故事人物描寫所產生的效果。

→結局（找到驢、結案、抓到賊）。

包公和王五、衙役們不同人物之間的關係，隨着情節的變化而變化：不相關（開始）→發生關係（王五告狀、包公審案）→不理解「面面相覷」（為什麼「審驢」）→理解「恍然大悟」（高潮）→敬佩「暗暗佩服」（結局）。

從上面的分析可知，故事的情節有三個主要組成部分：起因／人物出場；關鍵／故事的高潮／轉折／人物發展變化；結局／結果。情節的這樣三個組成部分是相互聯繫、不可或缺的。

3. 環境

故事的環境是指作品中描寫的具體獨特的環境，包括自然環境、社會環境、文化背景、時間（時代氛圍）、地點（活動場所）、人與人之間的複雜關係等等。故事中人物所生活的特定環境，決定和影響人物的行為、思想，表現人物的性格特點。

《包公審驢》發生的時間是古代宋朝，地點是農村鎮上的集市、官府的衙門、農家院落。因為王五是一個靠毛驢為生的人，才會因為丟驢報案。因為當時的科學不發達，才有了「審驢」的方法，包公才顯得重要。如果是在今天，這樣的故事就不會發生了。

📋 練習

1. 課文中有哪些人物？請根據自己的理解，加以想象，用自己的話描述每一個人物。

小提示

可以從容貌、衣着、身份、特點、說話的神態、語氣等方面來描述。

2. 課文講述了一個什麼故事？最主要的情節是什麼？

小提示

最主要的情節指的是起因、經過、結果。

3. 請試着描述故事的背景和環境。可以加入自己的想象，使用適當的形容詞寫一寫。

小提示

　　想象可以是田野、集市、衙門、農家院子等場地，也可以是季節、天氣、自然景色等環境。

4. 這個故事蘊含了什麼道理？為什麼中國老百姓喜歡包公？

5. 全班同學分為四組，每組從以下四種方式中選擇一種來講這個故事。

（1） 用圖畫講故事

（2） 用海報講故事

（3） 用歌曲講故事

（4） 用角色表演講故事

想想看，除了以上四種方式，你還可以用什麼方式講述這個故事？

用戲劇來講故事

? 探究驅動

回憶你聽故事的經歷，兩人一組，互相提問，選填下表。

聽故事的地點／方式	故事的內容	故事對你的影響
學校課堂上		
家庭親人間		
自己閱讀		
專家演講		
看電影		
看廣告		
讀報紙		
瀏覽網絡		

講解

戲劇是如何講故事的呢？

戲劇和故事都要在一定的篇幅內完成講述，可是它們的表現方式卻不一樣。

故事用文字描寫，講述的人可以夾敘夾議，在敘述故事的同時進行說明，甚至發表議論。但是這些語言只能通過讀者和聽眾的想象／聯想顯現，不能直接在人們的眼前浮現出來。

戲劇是用對話和動作來講故事。對話和動作可以把人物的性格特點、思想情感，轉化成觀眾能看得見的視覺形象，在舞台上展示出來。劇本要讓演員表演故事，要讓觀眾聽見故事、看見故事。劇本必須通過人物的一些具體行動，讓觀眾看到人物的特點。劇中必須設計一些對話，讓觀眾知道人物對事件的看法，以及人物的感受。

話劇《包公審驢》

劇本：《包公審驢》

時間：宋朝

地點：小市鎮、衙門

人物：包公、王五、盜賊、衙役、王朝、馬漢、胖驢、瘦驢、李三

第一幕　丟驢風波

場景：小市鎮，一派繁榮景象

【王五和胖驢出場】

李三：（高興地）哎，王五。

王五：（高興地）哎，李三。

李三：（拍拍驢）這是你的驢啊？

王五：（驕傲地）當然是我的喲！

李三：（欣賞地）嗯，這頭驢毛色閃亮，肚子渾圓，四肢強壯，真是頭好驢啊！

王五：（微笑地）嘿嘿，牠可是我的寶貝喲，我還指望 ❶ 牠養家糊口 ❷ 呢。

李三：呵呵，好驢！好驢！【李三下場】

▲ 王五把驢拴在市鎮門口外的樹上，自己背了一袋木炭去賣。【王五下場】

【小偷上場】

小偷：（突然看到王五的那頭好驢，眼前一亮 ❸）真是頭好驢啊，值很

❶ 指望：盼望。

❷ 養家糊口：勉強養活家人，使家人不餓肚子。

❸ 眼前一亮：形容在困難面前，有了新的解決辦法；在茫然失措時，突現轉機。也就是光明閃現時，欣喜之意的一個表現。

多錢呀，比我的驢強多了！我家有一頭瘦驢，把牠跟這頭好驢換一下，不會有人發現！哈哈哈，我真聰明！

④ 得意洋洋：形容十分得意的樣子。

⑤ 一溜煙兒：一下子，形容速度很快。

▲ 回家取驢，把好驢帶走，並把瘦驢拴在樹上，得意洋洋^④。牽着驢一溜煙兒^⑤地跑了。不久，王五也回來了。

王五：（高興地說）今天木炭賣得真順利！哈哈。

▲ 王五回到拴驢的樹旁，看到一頭瘦驢。

王五：（大吃一驚）呀！我的驢怎麼變成這樣了？（摸摸毛驢）這不是我的驢！（十分失望、驚慌）啊！我的驢呢？我要去報官！

（落幕）

第二幕　包公審驢

場景：衙門

⑥ 擊鼓鳴冤：打鼓表示申訴冤屈的願望。

▲ 王五擊鼓鳴冤^⑥。

王五：（大哭）冤啊，大人，小的冤啊！

包公：是誰在擊鼓鳴冤啊？（敲驚堂木）升堂！

⑦ 役杖：古代衙役們手中所執木杖。

衙役：（手持役杖^⑦，面無表情）威──武──

▲ 王五牽着瘦驢進入公堂。

包公：堂下何人，為何牽來一頭驢？

王五：（氣憤地）今天，我牽着自家毛色發亮的驢，馱了木炭到鎮上去賣。驢拴在樹上，等我賣木炭回來，我的好驢變成了這頭難看的瘦驢，我到處尋找，驢子卻不見蹤影^⑧。

⑧ 不見蹤影：看不見蹤跡和形影，消失了。

⑨ 捋：用手握着條狀物，順着移動、撫摩。

包公：（捋^⑨了捋鬍子，問）這不是你的驢？

王五：（懊惱^⑩地）這不是我的驢，肯定是有人換了我的驢，請大人為小民做主啊！

⑩ 懊惱：心裏彆扭而煩惱。

▲ 包公想了想。

包公：（屬聲喝道）王朝！馬漢！

王朝、馬漢：（大聲）到！

包公：（下令）趕緊把嘴套給牠套上！別給牠吃！別給牠喝！嚴嚴實實關牠三天！我再來審牠！

王朝、馬漢：（大聲）是！

包公：現在退堂⑪！ ⑪ 退堂：在審訊結束時退出公堂。

▲待包公走後，衙役開始議論紛紛。

衙役A：（悄悄地）審驢，怎麼審？驢又不會說話。

衙役B：（搖搖頭）包大人葫蘆裏賣的什麼藥⑫？ ⑫ 葫蘆裏賣的什麼藥：比喻不知道對方的真實意圖。

▲三天後。

包公：（拍驚堂木，威嚴地）升——堂——

衙役：威——武——

包公：王朝！馬漢！快去把那冒名頂替的驢牽上堂來！

王朝、馬漢：是！

▲衙役把驢牽上來。

驢：（耷拉着腦袋，嘴陷下去了，小聲叫）嗚——

包公：（驚堂木一拍，大聲叫到）來人啊！把這頭大膽的驢子痛打四十大板！要使勁打！

衙役：（齊聲答道）是！

▲衙役紛紛拿起板子，痛打瘦驢。

▲驢放聲大叫，亂蹦亂跳。

王五：（不理解）包大人把這頭驢子打得又蹦又跳就能抓到犯人？

包公：（胸有成竹⑬地，指着瘦驢）現在把牠放了。 ⑬ 胸有成竹：胸有成算。比喻做事之前已有全面的設想和考慮。

▲瘦驢飛奔出公堂，一下子就不見了。

包公：（嚴肅地）王五啊！你和兩個衙役跟蹤瘦驢，看看牠跑到哪戶人家去了。

（落幕）

【幕啟。王五、差役跟着那頭瘦驢來到了某田莊的一戶人家門口。】

衙役：（敲了敲門，大聲喊道）開門！

▲ 門開了，眾人看到了王五的驢，而那瘦驢見了主人，依偎在他身邊。

王五：（上前牽驢）呀！我的寶貝呀！終於找到你了！

▲ 小偷瑟瑟發抖⑭。

王五：（感激地）包大人，太感謝您了！您真是足智多謀⑮，斷案如神⑯呀！

包公：（謙虛地）不用謝！為民解憂、除害是包拯應盡的職責，快牽你的驢回家吧！

王五：（激動地）謝包大人！

（劇終）

⑭ 瑟瑟發抖：一般指因寒冷或害怕而不停地哆嗦發抖。瑟瑟，形容顫抖。

⑮ 足智多謀：有足夠的智術和善於謀斷的才能。形容人聰慧多謀略。

⑯ 斷案如神：判斷案情猶如神明一般，十分果斷準確。

🔍 相關知識

將故事改編為一個好的劇本必須注意以下幾點：

（1）故事情節有曲折、有趣味、有頭有尾；

（2）人物特點鮮明，對白生動，可以充分表現出人物的性格特點；

（3）分出不同的幕次，明確不同場景中的時間、地點、人物、主要情節；

（4）有充足的舞台、角色動作、表情和語氣的提示，方便演員表演。

改寫劇本的具體步驟為：

第一步：增加人物角色

改寫劇本要注意，原作故事中的主要人物不變，但可以加以創意，為了讓演出更加生動有趣，讓劇本更加具有表演性，可以在不違背原作內容的基礎上，增加個別的次要人物角色，增加一些故事的情節和表演的細節。比如，在這個小說中，偷驢人一直沒有正面出現，但是在改編的劇中，可以讓偷驢人出來表演，加上這個角色和他表演的細節，會讓觀眾更加明白故事情節。

第二步：分出場次、幕次

根據故事發生的不同時間、地點、人物，把整個故事分成幾個部分，按照先後順序分出場次、幕次，說明與劇情相關的時間、地點、人物、主要情節。

第三步：寫好人物對話

把故事改寫成劇本，就是要通過人物之間的對話來演繹小說故事，所以寫劇本一定要注意寫好人物的對話。不同身份、地位、年齡和性格特點的人物，說出的話是不一樣的，改編要學會用對話來表現人物形象。

第四步：上下場、動作、表情和語氣的提示

改寫劇本要對出場的演員動作、表情有明確的提示。按照每一幕出場的人物和他們的性格特點，想象他們會有什麼樣的外貌、服裝和動作，在劇本中加上對動作、表情和語氣的提示。如，包公說話時很威嚴，就要加上「怒目圓瞪」的表情提示或者「用手指着毛驢」的動作提示。最後王五找到了毛驢，心裏高興，可以加上「笑着說」「鞠躬感謝包公」等動作提示。

第五步：考慮舞台表演效果

改寫劇本要考慮到舞台佈景、燈光、道具、服裝等影響演出效果的因素，在劇本開始時要明確寫出。為了達到更好的舞台表演效果，改寫劇本時要考慮到每一幕影響演出效果的因素，在劇本中給予明確提示。如，偷驢人出場時，可以提示「燈光暗了」或者「燈光照着大樹下」等等。

練習

1. 閱讀《包公審驢》的故事和劇本，學習如何把故事改編為劇本。在本單元學過的故事中選取一個，改編為一個劇本。

（1）根據故事發生的不同時間、地點、角色，把整個故事分成幾個部分，按照先後順序分出場次、幕次，填寫與劇情相關的時間、地點、人物、主要情節。

第一幕：＿＿＿＿＿＿＿＿＿＿＿＿＿＿＿＿＿＿＿＿＿＿＿＿＿＿＿＿＿＿

　提示　時間：＿＿＿＿＿＿＿＿＿＿＿地點：＿＿＿＿＿＿＿＿＿＿＿＿

　　　　角色：＿＿＿＿＿＿＿＿＿＿＿＿＿＿＿＿＿＿＿＿＿＿＿＿＿＿

　　　　劇情：＿＿＿＿＿＿＿＿＿＿＿＿＿＿＿＿＿＿＿＿＿＿＿＿＿＿

　　　　佈景道具：＿＿＿＿＿＿＿＿＿＿＿＿＿＿＿＿＿＿＿＿＿＿＿＿

第二幕：＿＿＿＿＿＿＿＿＿＿＿＿＿＿＿＿＿＿＿＿＿＿＿＿＿＿＿

提示　時間：＿＿＿＿＿＿＿＿＿＿＿地點：＿＿＿＿＿＿＿＿＿＿＿＿

角色：＿＿＿＿＿＿＿＿＿＿＿＿＿＿＿＿＿＿＿＿＿＿＿＿＿

劇情：＿＿＿＿＿＿＿＿＿＿＿＿＿＿＿＿＿＿＿＿＿＿＿＿＿

佈景道具：＿＿＿＿＿＿＿＿＿＿＿＿＿＿＿＿＿＿＿＿＿＿＿

第三幕：＿＿＿＿＿＿＿＿＿＿＿＿＿＿＿＿＿＿＿＿＿＿＿＿＿＿＿

提示　時間：＿＿＿＿＿＿＿＿＿＿＿地點：＿＿＿＿＿＿＿＿＿＿＿＿

角色：＿＿＿＿＿＿＿＿＿＿＿＿＿＿＿＿＿＿＿＿＿＿＿＿＿

劇情：＿＿＿＿＿＿＿＿＿＿＿＿＿＿＿＿＿＿＿＿＿＿＿＿＿

佈景道具：＿＿＿＿＿＿＿＿＿＿＿＿＿＿＿＿＿＿＿＿＿＿＿

第四幕：＿＿＿＿＿＿＿＿＿＿＿＿＿＿＿＿＿＿＿＿＿＿＿＿＿＿＿

提示　時間：＿＿＿＿＿＿＿＿＿＿＿地點：＿＿＿＿＿＿＿＿＿＿＿＿

角色：＿＿＿＿＿＿＿＿＿＿＿＿＿＿＿＿＿＿＿＿＿＿＿＿＿

劇情：＿＿＿＿＿＿＿＿＿＿＿＿＿＿＿＿＿＿＿＿＿＿＿＿＿

佈景道具：＿＿＿＿＿＿＿＿＿＿＿＿＿＿＿＿＿＿＿＿＿＿＿

（2）改寫第一幕。全班同學可以一起邊說邊寫，也可以分組寫，把改編好的內容完整地寫

出來。完成後分角色表演。

第一幕：

時間：＿＿＿＿＿＿＿＿＿＿＿地點：＿＿＿＿＿＿＿＿＿＿＿＿＿

角色：＿＿＿＿＿＿＿＿＿＿＿＿＿＿＿＿＿＿＿＿＿＿＿＿＿

劇情：＿＿＿＿＿＿＿＿＿＿＿＿＿＿＿＿＿＿＿＿＿＿＿＿＿

佈景道具：＿＿＿＿＿＿＿＿＿＿＿＿＿＿＿＿＿＿＿＿＿＿＿

2. 小組課堂表演，集體觀看並予以評分。

內容要求：

- 故事完整，有頭有尾。

- 對白生動，表現出人物的性格特點。

- 分出不同的幕次，寫出不同的場景中相關的時間、地點、人物、提示角色的動作、
  表情和語氣等。

- 使用寫作本，字數 350 以上。

組別	戲劇名稱	評語

A 單元核心概念理解

從各種故事以及講述故事的不同方法來理解本單元核心概念——創造。

我發現：

● 中國民間故事以 _____ 和 _____ 進行創造；不同時代的故事講述者們以 _____ 和 _____ 進行創造。中國的寓言故事和神話故事在 _____ 方面，以 _____ 方式進行創造。中西各種不同的故事傳播了 _____，表達了 _____，激發了人類 _____ 的創造力。一個相同內容的故事可以採用 _____、_____ 和 _____ 的藝術形式進行改編，以 _____ 和 _____ 方式進行創造。我可以通過寫作故事 _____，表達自己的 _____ 和 _____ 的創造力。

B 單元學習內容理解

1. 這個單元的主要內容是什麼？

2. 你學會了什麼？你認為學到的東西有什麼用處？

3. 在這個單元的學習中，你最大的收穫是什麼？

4. 在這個單元的學習中，你遇到了哪些問題？解決了嗎？是如何解決的？

5. 這個單元你最喜歡的作品是哪篇？為什麼？

董寧（主編）

中國古典文學碩士，澳大利亞悉尼大學哲學碩士，香港資深 IBMYP 語言與文學課程和 IBDP 中文 A 課程教師。歷任大學中文系教師、山西南洋國際學校副校長、悉尼大同中文學校校長、香港啓新書院中文系主任等職。

已出版《國際文憑大學預科項目中文 A 文學課程指導》《國際文憑大學預科項目中文 A 文學專題研究論文寫作指導》《國際文憑大學預科項目中文 A 課程文學術語手冊》《IBDP 中文 A 文學課程短篇評論寫作 30 課》等著作。

賴彥怡

北京師範大學文學學士，香港大學教育碩士，從事 IBMYP 和 IBDP 中文教學工作。現任教於香港啓新書院。

已出版《國際文憑大學預科項目中文 B 學習指導》（合著）。

黃晨

北京師範大學文學學士，香港中文大學文學碩士，從事 IBMYP 和 IBDP 中文教學工作。現任教於香港啓新書院。

牛毅

香港理工大學對外漢語碩士，同時持有香港大學學位教師教育文憑證書，從事 IBMYP 和 IBDP 中文母語及非母語教學工作。現任教於香港漢基國際學校。

獨創並已發行「牛小子 AR 智能漢字卡」「AR 系列教育產品」。

視覺形象設計　靳劉高創意策略
責任編輯　　　常家悅　鄭海檳
書籍設計　　　任媛媛
排　　版　　　YuPin

書　　名　　**國際文憑中學項目語言與文學課本二**（繁體版）
　　　　　　IBMYP Chinese Language and Literature Textbook 2(Traditional Character Version)

主　　編　　董寧

編　　者　　董寧　賴彥怡　黃晨　牛毅

出　　版　　三聯書店（香港）有限公司
　　　　　　香港北角英皇道 499 號北角工業大廈 20 樓
　　　　　　Joint Publishing (H.K.) Co., Ltd.
　　　　　　20/F., North Point Industrial Building,
　　　　　　499 King's Road, North Point, Hong Kong

發　　行　　香港聯合書刊物流有限公司
　　　　　　香港新界荃灣德士古道 220-248 號 16 樓

印　　刷　　中華商務彩色印刷有限公司
　　　　　　香港新界大埔汀麗路 36 號 14 字樓

版　　次　　2018 年 12 月香港第一版第一次印刷
　　　　　　2024 年 7 月香港第一版第二次印刷

規　　格　　大 16 開（215 x 278mm）192 面

國際書號　　ISBN 978-962-04-4210-0
　　　　　　©2018 Joint Publishing (H.K.) Co., Ltd.
　　　　　　Published in Hong Kong, China.

封面圖片 ©2018 微圖網

部分內文插圖 ©2018 微圖網
pp. 3, 4, 9（下）, 13, 23, 25, 56, 73, 78, 92（下）, 95, 103, 107, 109, 114, 115, 120, 122, 127, 128, 133, 140, 141, 148, 150, 170, 176.

部分內文插圖 ©2018 站酷海洛
pp. 62, 91, 108, 113, 116, 137, 154, 157, 159, 164, 165.

部分內文插圖 ©2018 壹圖網
pp. 67.

本書引用的部分文字作品稿酬已委託中國文字著作權協會轉付，敬請相關著作權人聯繫：86-010-65978917，wenzhuxie@126.com；或者與本社聯繫：publish@jointpublishing.com。